세상을 향해 첫발을 내딛는 너에게

이제부터 그대의 인생이다
세상을 향해 첫발을 내딛는 너에게
필립 체스터필드 지음 ┃ 서영조 옮김
Philip
Chesterfield
책만드는집

| 차 례 |

인생에 처음 발을 내딛는 모든 젊은이는 자기를 이끌어주고 이 세상에 대해 가르침을 줄 경험 많고 친절한 사람이 필요하다. 그들에게 걸음을 인도하고 군중 사이를 뚫고 나아가는 방법을 가르쳐주는 것만큼 도움이 되는 일은 없다. 나는 젊은이들이 종교적 원칙과 도덕적 필수 사항에 대해서는 이미 가르침을 받았을 거라고 생각한다. 그런 가정하에 그들이 이 세상에 성공적으로 안착하기 위해 필요한 자질을 소개할 것이다. 그런 자질이 없다면 그들은 사회에서 요구되는 의무를 다하면서 자기 소망에 맞는 인생을 살아가지 못할 것이다. 겸손은 이 세상에 잘 받아들여지기 위해 기본이 되는 것이므로 겸손으로부터 이야기를 시작하도록 하겠다.

－필립 체스터필드

겸손

진정 겸손하게 행동하면 건방지게 행동하거나 술책을 부리는 것보다
훨씬 쉽게 사람들의 마음을 얻을 수 있다.

'겸손'은 공손한 태도다. 그리고 대부분의 장점에는 겸손한 태도가 수반된다. 겸손한 태도는 무척 매력적이며, 겸손한 태도를 지니면 우리가 알고 지내는 모든 사람에게 호감을 살 수 있다. 반대로 건방지고 뻔뻔한 사람처럼 보기 싫은 사람도 없다.

진정한 겸손이 무엇인지 알지 못하는 사람은 ─ 실제로 많은 사람이 오해하는데 ─ 겸손한 태도라고 생각하며 수줍어하고 주저하는 모습을 보이곤 한다. 아니면 아예 건방지고 뻔뻔한 태도를 취해버린다. 그러나 겸손한 태도는 그런 것이 아니다. 진정한 겸손이란 교양과 예절로 끊임없이 단련한 고결한 마음을 반영하는 것이다. 그리고 진정 겸손하려면 비난받을 만한 행동은 결코 하지 말아야 한다. 이런 이유로, 겸손한 사람이 되려면 다른 사람들과 함께 있을 때뿐만 아니라 혼자 있을 때에도 겸손한 태도를 유지해야 한다. 그리고 많은 사람 앞에서 부끄러울 일은 혼자 있을 때에도 하지 말아야 한다.

이렇듯 겸손은 뻔뻔스러움과는 반대되는 것이지만, 적절한 정도의 자신감과는 일맥상통하는 것이다. 진정으로 겸손한 사람은 그 정도를 통제할 줄 알아서 상대가 불쾌감을 느끼지 않게 중립적으로 말하고 행동한다. 겸손한 사람의 이러한 개방적이고 확신에 찬 태도는 세상에 대한 지식을 갖추었을 때 따라오는 자연스러운 결과이며, 무엇보다도 품위 없고 명예롭지 않은 행동은 하지 않겠다는 확고한 결단으로부터 생기는 것이다.

모든 사람이 자기 안에 있는 이런 겸손한 자신감을 소중히 여기고 장려해야 한다. 겸손한 자신감을 갖지 못한 사람은 어리석은 말이나 행동, 건방지거나 뻔뻔한 태도, 심술궂고 비뚤어진 심성으로 상대방의 마음을 불편하게 하거나 스스로의 체면을 깎아버리기 때문이다. 그대는 겸손하면서 동시에 자신감을 지닐 수 있다. 한 사람이 뻔뻔스러운 태도를 지님과 동시에 수줍음을 탈 수 있는 것과 마찬가지다. 저열한 인성을 지니고 교육을 제대로 받지 못한 사람들에게서 이러한 모습을 자주 볼 수 있다. 그런 사람은 다른 사람의 눈을 똑바로 쳐다보지 못하고 문장 하나도 제대로 말하지 못하지만, 한편으론 극악한 행동이나 추잡한 행동을 할 수 있다. 그런 사람은 무심코, 혹은 그런 행동을 하지 못하도록 억제하는 모든 것에 대한 반발로, 혹은 타고난 기질에 의해 악한 행동을 하는 듯 보인다.

겸손한 태도를 버리는 사람만큼 교양에 대한 무법자도 없다. 즉, 자신의 태도가 뻔뻔스럽다는 것을 스스로도 잘 알면서 농담이라도 하듯 그런 사실을 인정하며 즐거운 목소리로 이렇게 말하는 것이다.

"저는 그 문제에 대해서 뻔뻔스럽게 대응했어요."

자기가 뻔뻔하다는 것을 아는 사람이 그 뻔뻔함을 이용하도록 놔둬서는 안 된다. 그대가 지금 스스로 뻔뻔하다고 느낀다면, 얼른 그런 태도를 버려야 한다. 그대가 다른 사람의 얼굴을 붉히게 만들었다면 그런 사실을 부끄러워해야 한다. 겸손하지 못한 것은 그 어떤 것으로도 속죄할 수 없기 때문이다. 겸손하지 않다면 아름다움도 꼴사나워지고 재치도 혐오스러운 것이 되어버린다.

이처럼 겸손한 태도를 갖는 것은 무척 중요한 일이다. 그러나 거짓된 겸손도 존재한다는 사실을 잊어서는 안 된다. 거짓된 겸손은 건방진 태도보다 더 나쁘다. 거짓된 겸손을 지닌 사람은 마음속으로는 상대의 의지와 소망을 인정하지 않으면서도 겉으로는 그 사람의 의지나 소망에 저항하지 못한다. 그런 사람은 자기 자신이 아니라 다른 사람들을 기쁘게 하기 위해 행동한다. 그리고 자신의 의지와는 상관없이 타인의 뜻에 따라 파렴치한 행동을 하기도 한다. 이런 그릇된 성향을 경계해야 한다. 이는 그 어떤 악보다도 평화와 미덕과 명예를 더럽히고 파괴하는 것이다.

진정한 겸손보다 더 바람직한 것은 없듯이, 거짓된 겸손보다 더 비열한 것은 없다. 진정한 겸손은 도리에 어긋나는 행동을 부끄럽게 여기지만, 거짓된 겸손은 함께 있는 사람의 기분을 나쁘게 하는 것을 부끄럽게 여긴다. 그뿐이 아니다. 거짓된 겸손은 공정하고 바람직한 행동을 막기도 한다. 이런 어리석은 습관을 갖게 된다면 다른 사람들 눈에나 자기 자신의 눈에나 얼마나 비열하고 비루하게 보이겠는가!

다른 사람들로부터 존경받을 수 있는 단호하고 견실한 태도 대신 굽실거리는 태도를 지닌다면, 사람들의 경멸에 찬 시선을 면치 못할 것이다.

겸손해야 한다고 해서 지나치게 소심하고 수줍은 태도를 보여서는 안 된다. 다른 사람의 권리를 침해할까 봐 몸을 사린 나머지 아무것도 주장하지 않는다면, 그 사람은 자신의 야심을 펼칠 수가 없다. 이는 곧 용기가 부족하다는 뜻이다. 겸손한 태도는 자신의 의지에 따른 것이어야 한다. 만일 칭찬받을 만한 일을 하고 난 뒤에 몸을 움츠린다면, 자신이 한 일을 인정받지 못할 수도 있다.

겸손과 사람을 불편하게 하는 수줍음은 완전히 다른 것이다. 겸손은 갈채를 받아 마땅한 자질이지만, 거북한 수줍음은 비난을 받아야 하는 성향이다. 젊은이는 사람들이 모여 있는 곳에 서게 되면 당황하거나 부끄러워하지 말고 자신의 의사를 잘 전달할 수 있어야 한다.

인생을 잘 아는 신사라면 여러 사람이 함께한 자리에서 품위 있고 겸손하면서도 확신에 찬 모습을 보여줄 것이고, 모르는 사람에게도 편안하고 자연스런 태도로 말을 걸 것이다. 이것은 예의범절을 잘 지키는 사람의 특징이며, 다른 사람들과 교제하는 데 있어서 반드시 명심해야 하는 점이다. 왜냐하면 비록 지위가 좀 낮더라도 신사답게 행동하는 사람이, 사리에 밝지만 어릿광대처럼 행동하는 사람보다 더 인정을 받기 때문이다.

우리가 부끄럽게 여겨야 하는 것은 무지와 부도덕뿐이다. 무지와 부도덕한 태도만을 피한다면 누구와도 어울릴 수 있다. 어떤 사람들은 거짓된 겸손의 불편함을 경험하고 나서 그 반대의 극단을 택하여 뻔뻔스러운 태도를 갖기도 한다. 그러나 이것은 거짓된 겸손을 지니는 것만큼이나 잘못된 것이다. 가정교육을 잘 받고 자란 사람은 두 가지 태도 사이에서 중용을 지킬 줄 안다. 그런 사람은 누구와 어울리더라도 편안하면서도 중심 잡힌 모습을 보인다. 그리고 겸손하지만 수줍어하지 않고, 뻔뻔스럽지도 않다. 그런 사람은 자신보다 나은 사람들의 태도를 주의 깊게 관찰한 다음, 본받아 바람직한 관습을 따른다.

어떤 자리에서든 자연스럽고 침착하게 자신을 드러내지 못한다면, 사람들 앞에서 좋은 모습을 보일 수 없다. 그리고 편안하고 침착한 모습을 갖지 못한다면, 사람들과 좋은 관계를 유지할 수 없는 것은 물론 좋은 친구와 사귈 수도 없다. 겸손하면서도 확신에 찬 태도는 인생의 모든 부분에서 우리가 지닐 수 있는 가장 유익한 능력이다.

자신이 지닌 장점을 알지 못하는 사람은 자신의 장점을 끊임없이 과시하는 사람과 마찬가지로 바보다. 분별이 있는 사람은 자신의 능력을 적절히 이용하지만 과시하지는 않는다. 소심하고 수줍음을 타는 사람은 젠체하지는 않지만 언제나 뒷전에 밀려서 주목을 받지 못한다. 분별 있는 사람은 자신의 장점이 발휘되는 상황에서 건방진 태도를 보이기보다는 더욱 겸손하게 행동한다. 그런 사람은 단호하지만 뻔뻔하거나 무례하게 행동하지는 않는다.

주제넘게 나서는 것은 겸손의 정반대다. 그러므로 때에 따라서는 무리를 이끌려 하기보다는 무리에 따라야 한다. 이야기를 나눌 때도 화제를 먼저 꺼내기보다는 대화에 자연스럽게 참여하는 게 좋다. 지

겸손하면서도 확신에 찬 태도는
인생의 모든 부분에서 우리가
지닐 수 있는 가장 유익한 능력이다.

식이 풍부하고 재능이 있는 사람이라면, 어떤 주제로 대화를 하든 먼저 나서지 않더라도 그 지식과 재능을 보일 기회가 충분히 있을 것이다. 그리고 지식이나 재능이 없다면, 화제를 먼저 꺼내기보다는 다른 사람이 꺼낸 주제에 대해서 의견을 표현하는 편이 낫다.

가능하다면 사람들 앞에서 자기 자신에 대한 이야기는 하지 않도록 각별히 조심해야 한다. 뻔뻔스러운 사람은 어떤 경우든 상관하지 않고 갑자기 끼어들고 나서서 신나게 자기 이야기를 떠들어댄다. 또 어떤 사람은 자신의 오만하고 불손한 태도를 이렇게 합리화한다.

"제가 이런 식으로 저 자신에 대해 이야기하는 것이 사실 이상해 보일 수도 있을 겁니다. 하지만 제가 부당하게 비난을 받지 않았다면 이런 모습을 보이지 않았겠죠. 제 성격에 대해 공격을 받았으니 제가 저를 변호하는 것은 정당한 일이 아니겠습니까?"

하지만 이런 말로 그 사람의 행동이 이해될 수 있는 것은 아니다.

좀 더 교활한 사람은 자신이 지닌 미덕을 '겸손하게' 자랑한다. 그 미덕을 약점이라고 표현하며 그 때문에 자신은 참 불행한 인간이라고 말하는 것이다. 예를 들어 이런 식이다. "저는 사람들이 고통받는 것을 보지 못해요. 그래서 그런 사람들을 도와주지 않고는 못 배기죠. 제가 그럴 만한 형편이 안 되더라도요", "저는 진실을 말하지 않고는 못 참아요. 때로는 그런 태도가 좀 경솔하고 분별없이 보이겠지만" 등등.

자랑하는 습관이 지나친 나머지 무척 하찮은 사실까지 자랑하거나 과장해서 떠벌리는 사람도 있다. 그런 사람은 과시하고 싶은 마음에 그런 얘기를 하는 것일 테지만, 그 행동이 사실이라면 그것은 오히려 그에게 불명예스럽고 수치스러운 일이 될 수 있다. 어떤 사람이 말을 타고 한 시간에 32킬로미터를 달렸다고 한다. 그것은 아마 거짓말일 것이다. 하지만 정말 그렇게 했다 해도, 그래서 뭐 어쩌라는 것인가? 그는 좋은 말을 가졌고, 말을 잘 탄다. 그뿐 아닌가? 혹은 어떤 사람이 자신은 앉은자리에서 양주 대여섯 병쯤은 너끈히 비울 수 있다고 말한다. 그런 말을 들으면 나는 그를 존중하는 마음에서 그가 거짓말을 하고 있다고 믿을 것이다. 그가 짐승이라고 생각하고 싶지는 않기 때문이다.

다시 한 번 말하지만 이는 어리석은 사람들의 행동이다. 그들은 그런 행동을 통해 타인으로부터 존경을 받을 거라고 생각하지만, 사실 그 얘기를 듣는 사람들은 그들을 경멸한다. 그러므로 남들로부터 그렇게 멸시를 당하지 않으려면, 꼭 필요한 경우가 아니고서는 자신에 대한 이야기를 절대로 해서는 안 된다. 그리고 자신에 대한 이야기를 꼭 해야 하는 경우라 하더라도 사람들의 칭찬이나 갈채를 이끌어내는 이야기를 해서는 안 된다. 그대가 어떤 완벽한 점을 갖고 있다면, 드러내려 애쓰지 않아도 사람들은 어떻게든 그것을 알아볼 것이다. 알아보지 못한다 하더라도, 그대의 말을 듣고서 그대가 그런 장점을 가졌다고 믿게 되지는 않을 것이다. 스스로에 대해 적게 말할수록 이 세상은 그대를 더욱 인정할 것이며, 더 많이 이야기할수록 이 세상은 그대의 말을 더욱 믿지 않을 것이다.

겸손한 태도를 지녀야 하는 이유에 대해 좀 더 이야기하자면, 겸손

은 그대가 갖기를 소망하는 모든 재능을 제시해주고 겸손이 동반하
는 모든 미덕을 더욱 강화해주기 때문이다. 그리고 회화에서 색조의
근소한 차이가 전체 형태를 완성하고 색채를 더욱 아름다워 보이게
만드는 것처럼, 겸손 역시 다른 재능과 미덕을 더욱 돋보이게 해준다.
겸손은 또한 사람이 지닌 미덕에 광채를 더해줄 뿐만 아니라 그 미덕
을 지켜주기도 한다. 겸손은 영혼에 자리한 민첩하고 섬세한 감정으
로서, 미덕을 위협하는 모든 것으로부터 피할 수 있게 해준다. 겸손을
무시하는 사람이 창피를 느끼지 못하는 것은, 결백해서가 아니라 뻔
뻔하고 수치를 모르기 때문이다. 겸손의 미덕에 이보다 더 찬물을 끼
얹는 사람은 없다.

허영심

그렇다면 하늘이여, 떳떳하지 못한 월계관을 멸시하는 법을 가르쳐주소서.
칭찬받고 싶어 하는 비열한 욕망을 내 가슴에서 거두어주소서.

이번에는 젊은이가 처음 세상으로 나갈 때 겸손만큼은 아니지만 역시 무척 중요한 점에 대해 이야기하도록 하겠다. 그것은 다름 아니라 '허영심'을 경계하라는 것이다. 경험이 많지 않은 젊은이는 허영심에 빠지기 쉬운데, 특히 사람을 멍청이로 만드는 허영심을 조심해야 한다. 그런 마음은 한번 지니면 벗어버리기 힘들다.

허영심이 목적을 어긋나게 하는 경우가 얼마나 많은지는 상상할 수 없을 정도다. 어떤 사람은 자신의 무지함을 깨닫지 못한 채 모든 일에 있어서 단호하게 결정을 내리고, 다른 이들 앞에서 놀라울 정도로 뻔뻔한 모습을 보인다. 어떤 사람은 여자들에게 성공한 남자로 보이고 싶어 한다. 그는 신분이 높고 아름다운 여성들로부터 받은 호의를 은근히 과시하고, 누군가와 특별한 관계를 맺고 있음을 넌지시 알린다. 만일 그것이 사실이라면 그 사람은 비열한 행동을 한 것이고, 그것이 사실이 아니라면 대단히 수치스러운 짓을 한 것이다. 둘 중 어

재치 있는 척하는 모습은
유능한 사람이라도
멍청이처럼 보이게 만든다.

느 쪽이라도 그런 인간은 자신이 얻고자 했던 명성을 얻기는커녕 불명예만을 안게 된다.

어떤 사람은 자신의 주변 인물을 들먹이며 허세를 부린다. 할아버지가 어떤 사람이고, 숙부는 어떤 사람이며, 친구는 어떤 사람이라고 자랑을 하는 것이다. 그러나 실제로는 그 친구라는 사람과는 거의 알지도 못하는 사이인 경우가 많다. 그리고 만일 그 대단한 사람과 친구라는 것이 사실이라 해도, 그게 뭐 어쨌단 말인가? 그렇다고 해서 그 사람 자체가 어떤 장점이나 미덕을 가진 것이 되는가? 물론 아니다. 오히려 그 반대다. 다른 사람이 가진 것을 자랑한다는 것은 자신은 그런 장점을 지니지 못했다는 것을 반증하는 셈이 된다. 부자는 남에게서 돈을 빌릴 필요가 없을 테니 말이다!

자신이 가지고 싶은, 그러나 갖고 있지 못한 특성을 가지고 있는 듯 행동해서는 안 된다는 사실을 명심해라. 겸손은 타인의 찬사를 약속해주는 확실한 미덕이다. 그러나 용기 있는 척하는 행동은 진실로 용감한 사람조차도 남을 괴롭히는 사람처럼 보이게 만들고, 재치 있는 척하는 모습은 유능한 사람이라도 멍청이처럼 보이게 만든다. 여기서 말하는 겸손이란 소심함이나 어색한 수줍음을 가리키는 것이 아니다. 그와 반대로, 내면이 단단하고 확고하며 자신의 가치를 알고 스스로 정한 원칙에 따라 행동하는 것을 말한다. 겸손한 사람은 자신의 가치를 스스로 알고 있다는 사실을 남들이 눈치채지 못하도록 조심한다. 앞에서도 말했듯이, 그대가 진정으로 어떤 장점을 지녔다면 다른 사람들은 자연히 그것을 알아볼 것이다. 그리고 사람들은 누군가의 말을 통해 알게 된 사실보다 자기 스스로 알아낸 것을 더욱 가치 있게 느끼기 마련이다.

고상한 성품을 지니고 싶은가? 그렇다면 그런 성품을 지니는 데 가장 방해가 되는 것은 허영심이라는 사실을 기억해라. 허영심을 드러낸다는 것은 자기 영혼이 보잘것없다는 것을 들추어내는 꼴이다. 허영심이 있는 사람은 아무런 가치도 없는 것을 토대로 자기 가치를 높이 평가함으로써 스스로의 타고난 가치가 부족하다는 사실을 내보인다. 자기 말馬을 평가할 때는 그 말에게 걸친 마구馬具가 아닌 말의 나이와 힘과 아름다움을 기준으로 삼으면서, 자기 자신이 남들로부터 존경을 받을 만한 사람인가 하는 점에 있어서는 자기가 가진 자질이나 인품보다 좋은 옷, 멋진 집, 화려한 소유물을 가지고 평가받고자 한다. 이런 사람은 타인으로부터의 존중이나 존경을 기대할 수 없다. 그런 무가치한 것으로써 평가받으려 하는, 스스로를 업신여기는 사람을 훌륭한 사람이라고 생각할 수는 없기 때문이다. 어떤 사람이 이처럼 자기 자신을 시시하게 생각한다면, 다른 사람이 그 사람을 시시하게 생각한다 해도 부당하다 말할 수 없을 것이다.

이와 같은 어리석은 행동을 하지 않기 위한 한 가지 방법은, 그런 식으로 행동하는 사람을 보았을 때 자기 마음속에 어떤 생각이 드는지를 잘 살피는 것이다. 스스로 아주 잘난 사람인 척하면서 남들이 자신을 대단하게 여겨줄 거라고 기대하는 사람을 보면 경멸하는 마음이 들지 않는가? 그와 똑같은 사람이 되지 않으려면, 그대가 그렇게 행동할 때 다른 사람들 역시 같은 생각을 할 거라는 사실을 기억해야 한다. 다른 사람이 그대를 존중하고 동경하게 만들고 싶다면, 실제로 뛰어난 존재가 되면 된다.

허영심과 허세가 만족감을 줄 수도 있다. 그러나 그런 만족감은 일시적인 것일 뿐이다. 그리고 더욱 불행한 것은, 허세를 부리는 사람은 다른 사람들의 주목을 끌고 인정을 받기보다는 무시를 당하게 될 가능성이 훨씬 높다는 것이다.

거짓말

말하는 사람은 모두 무언가 새로운 것을 덧붙이고,
거짓을 듣는 사람은 모두 그것을 확대해서 듣는다.

모든 악덕 중에서 '거짓말'만큼 비열하고 어리석은 것은 없다. 거짓말은 언젠가는 반드시 들통이 나게 돼 있기 때문에 거짓말을 함으로써 의도한 목적을 성취하게 되는 경우란 거의 없다. 그러나 전반적으로 바르고 훌륭한 교육을 받았음에도 불구하고 습관처럼 거짓말을 하는 사람들이 있다.

사람들은 대개 허영심이나 두려움, 혹은 복수심 때문에, 때로는 잘못된 자기방어의 방편으로 거짓말을 한다.

불행히도 어려서부터 거짓말을 하는 습관을 가진 사람이 있는데, 그런 사람은 거짓말을 해봐야 아무 소용이 없을 때에도 그 나쁜 습관을 버리지 못한다. 그리고 진실을 말하는 것이 오히려 자신에게 이익이 될 때도 사실을 말하지 못한다.

그런가 하면 큰 거짓말을 하지는 않지만 '미묘한' 거짓말을 잘하는 사람이 있다. 이런 사람은 어떤 사실에 대해 말할 때 요점은 대체로 있는 그대로 얘기하지만, 세부적인 부분을 각색해서 말함으로써 사실과는 다른 인상을 주려고 한다. 이는 사실 자체를 거짓으로 말하는 것보다 더 사악한 방법이며, 사실 자체를 거짓으로 말하는 것과 마찬가지로 불명예스러운 행동이다.

불명예의 낙인을 찍을 뿐만 아니라 잔인하기까지 한 거짓말도 있다. 바로 어떤 필요나 자기애로 인한 동기는 전혀 없이 단지 상대에게 상처를 입히기 위해서 하는 사악한 거짓말이 그것이다. 상대에게 상처를 줄 목적으로 악의적인 거짓말을 하면 잠깐 동안은 자신의 뜻을 만족시킬 수 있겠지만, 결국에는 그 거짓말의 대가가 자신에게 돌아온다. 그가 거짓말을 했다는 사실이 밝혀지는 순간(거짓말은 대개 밝혀지게 돼 있다) 사람들은 그를 경멸할 것이고, 그 뒤로는 그가 어떤 말을 하더라도 믿지 않을 것이다.

자신이 내뱉은 말이나 행동에 대한 변명으로 거짓말을 하거나 말을 얼버무리는 사람이 있는데, 이런 태도는 불쾌감을 약화시키기보다는 오히려 더욱 강하게 만든다. 상대는 진실을 알 권리가 있다. 그런데 잘못을 저질러놓고 그것을 무마하기 위해 거짓말로 변명을 늘어놓는다면 상대방은 두 번이나 모욕을 당했다는 사실에 못마땅한 기분을 감출 수 없을 것이다. 뿐만 아니라, 잘못한 일을 변명하기 위해서 거짓말을 하는 것은 겁을 먹고 있음을 드러내는 것이니, 이보다 더 비열하며 무례한 행동은 없을 것이다.

뭔가 잘못을 했을 때, 솔직하게 인정하는 것보다 더 멋지고 품위 있는 행동은 없다. 그것은 상대에게 용서를 받을 수 있는 유일한 방법이기도 하다. 사실 잘못을 인정하고 용서를 구하는 것만으로도 충분한 속죄가 된다. "제가 당신 마음에 상처를 입혔습니다. 그런 행동을 했다는 것이 진심으로 부끄럽습니다. 정말 죄송합니다"라고만 말해도 상처를 입은 상대방의 노여움을 가라앉힐 수 있다. 그리고 적이 될 수도 있었을 그 사람을 친구로 만들 수도 있다.

한편 허영심으로 인해서 거짓말을 하는 사람도 있는데, 이런 사람은 타인에게 피해를 입히지만 않는다면 거짓말을 해도 괜찮다고 여긴다. 그리고 어리석게도 멋진 얘기를 하면 사람들의 관심을 끌 수 있을 거라고 생각해, 스스로 그 멋진 이야기의 주인공이 되고자 한다. 그리하면 사람들이 자신을 비범한 사람으로 우러러볼 거라고 착각하는 것이다. 하지만 그런 이야기를 듣는 상대는 겉으로는 그 말을 믿는 척할지 몰라도 마음속으로는 그 사람을 경멸하며 비웃을 것이다.

또 그 자체로는 상대방을 불쾌하게 만들지 않지만 터무니없고 어리석은 거짓말이 있다. 주로 자신을 대단하게 보이고 싶은 허영심에서 비롯되는 거짓말인데, 이런 거짓말은 원래 의도를 충족시키지도 못할뿐더러 결국 거짓말이라는 사실이 밝혀지면 모욕으로 돌아온다. 이런 거짓말을 하는 사람은 항상 대단한 로맨스의 주인공이며, 다른 사람이라면 살아남을 수 없었을 엄청난 위험에서 생존한 무용담의 주인공이다. 이들은 책에서나 보고 말로나 들었을 일을 직접 경험했다고 말한다. 그러나 이런 거짓말은 곧 발각되게 마련이며, 거짓말의 주인공은 사람들의 멸시와 비웃음의 대상이 된다.

때로는 사실을 숨겨야 할 필요 때문에 자기도 모르게 거짓말을 하

거짓말은 부실한 토대 위에 건물을
쌓아올리는 것과 같아서 아무리 버팀목을 많이
설치해도 그 건물은 오래 서 있을 수 없다.

는 경우도 있다. 이 역시 졸렬한 정신을 지닌 사람이 찾는 도피처일 뿐이다. 그러나 마땅한 이유가 있어서 사실을 숨기는 것까지 무턱대고 나무랄 수만은 없다.

끝으로 아주 흔하면서 더욱 유해한 거짓말이 있다. 같은 뜻을 가진 사람들이 한데 모여서 하는 거짓말이 그것이다. 성실하고 고결해서 자기 자신을 위해서는 절대 거짓말을 하지 않으면서도, 자기가 속한 무리에서 거짓말을 하면 쉽게 묵인하는 사람이 있다. 스스로는 명예를 중시하며 명예롭게 행동하는 사람이, 여러 사람과 모이면 그렇게 선뜻 거짓말을 하는 것을 어떻게 이해할 수 있을까? 많은 사람이 함께 거짓말을 하면 그 거짓말의 악의가 희석된다고 믿는 것일까? 거짓의 무게를 혼자서 감당하기엔 너무 무겁지만 여러 명이 함께 감당하면 가벼워진다고 믿는 것일까? 사실 아무리 많은 사람이 함께 거짓말의 죄를 나눠 가진다 해도 그들 각자는 거짓말을 했다는 사실에서 자유로워질 수 없다. 하지만 수치심이 줄어드는 것은 사실이다. 따라서 그리 민감하고 섬세한 성격이 아닌 이상 여러 사람과 함께 있을 때는 거짓말을 하기가 쉬워진다. 적어도 그 거짓말이 그 자리에 모여 있는 사람들에게는 이로운 것이기 때문이다. 그러나 동기가 무엇이든 간에 거짓말은 여전히 거짓말이다. 명예롭지 못한 행동인 것이다. 이런 거짓말은 평소에 거짓말을 싫어하는 사람이라도 거짓말을 하게 만드는 가장 쉬운 유형이므로 더욱 경계해야 한다.

때로 그대를 곤란하게 할 수도 있지만 진실이라는 것은 늘 명예로운 것이라는 사실을 기억해야 한다. 진실은 따로 만들어낼 필요 없이 온전히 존재한다. 그러나 거짓말은 성가시다. 거짓말을 만들어내려면 머리를 굴려야 하고, 거짓말이 그럴듯하게 들리게 하려면 더 많은 거짓말을 만들어내야 한다. 거짓말은 부실한 토대 위에 건물을 쌓아올리는 것과 같아서 아무리 버팀목을 많이 설치해도 그 건물은 오래 서 있을 수 없다.

그러나 안타깝게도 거짓말을 하는 사람은 자신의 거짓말이 머지않아 들통 날 것이며, 그 거짓말 때문에 자신이 사람들의 멸시를 받게 되리라는 사실을 알지 못한다.

시기

근시안적인 시기심이 자기 자리를 지키며 횃불을 들고 해안을 활보한다.

이번에 살펴볼 악덕은 시기다. 시기는 다른 사람이 잘되는 것을 보고 괴로워하는 감정이다. 시기심이 계속 커지게 놔둔다면 그것이 다른 모든 격정과 악덕을 합한 것보다 더 그대의 품위를 떨어뜨리고 말 것이다. 시기심이 강한 사람은 자신을 행복하게 만드는 모든 이유에도 불구하고 괴로움밖에 느끼지 못한다. 자신은 열 가지 기쁨을 가지고 있어도 타인의 한 가지 기쁨이 샘이 나 견딜 수가 없기 때문에 삶에 대한 의욕도 흥미도 사라진다. 시기심이 없는 사람에게라면 큰 만족감을 줄 일도 시기심이 많은 사람에게는 날카로운 고통을 안겨줄 뿐이다. 주변 사람들이 잘되는 것은 이들을 괴롭고 화나게 만든다. 타인의 젊음, 아름다움, 용기, 지혜, 그 모든 것이 이들에게는 불쾌하고 고통스러운 것이다.

시기하고 질투하는 사람은 늘 비참할 수밖에 없다. 다른 사람의 장점이나 성공에 박수 쳐줄 수 없고, 각자의 행복을 추구하며 사는 사람들의 모습이 그들에게는 기분 나쁘고 못마땅하게 느껴지기 때문이다. 그렇다고 그들이 정당한 노력을 통해 시기의 대상이 되는 사람과 경쟁하려 하는 것도 아니다. 그들은 경쟁자의 눈에 먼지를 뿌리거나 상대의 발을 걸어 넘어뜨리려 한다. 그리고 상대방에게서 작은 흠이라도 발견하면 뛸 듯이 기뻐한다.

치사하고 비열한 마음을 지닌 사람은 대개 이런 불쾌한 열정, 즉 시기심에 굴복하고 만다. 따라서 시기하지 않으며 살아가는 것은 고상한 분별력을 가졌음을 나타내는 가장 강력한 증거가 된다.

자신에게 천부적인 장점이 결여돼 있음을 인식하는 사람은 다른 사람이 그 장점을 지니고 있는 걸 보면 괴로움에 빠지고, 자신이 가치 있게 생각하지만 지니고 있지는 못한 것을 다른 사람에게서 발견하게 되어도 참지 못하고 고통스러워한다.

돈이 많은 걸 뽐내려고 좋은 옷을 입고 화려한 장신구를 걸치고 다니는 비열한 인간은 그와 같은 차림을 할 만한 돈이 없는 사람들을 무시하지만, 자기보다 돈이 더 많은 사람을 보면 시기심에 불타오른다. 돈이나 화려한 옷은 결코 사람이 지닌 장점이나 가치의 기준이 될 수 없음에도 불구하고 그는 사소한 일에 흥분을 하고 목숨을 건다. 왜냐하면 그런 사소한 일들이 그에게는 중대한 일이기 때문이다.

한마디로 말해서 시기심은 사람이 지니는 모든 감정 중에서 가장 비열하고 사람을 괴롭게 하는 것이다. 시기심이 많은 사람이 봤을 때 시기할 만한 점이 하나도 없는 사람이란 거의 없을 것이기 때문이다. 그렇기에 다른 사람의 웃는 모습은 그에게는 불행이 된다.

질투와 시기라는 저열한 격정을 지니고 있는 사람은 결코 훌륭한 면모를 지닐 수 없다. 관대한 마음을 지녔더라면 인품을 고양하는 데 쓸 수 있었을 에너지를 시기하는 데 낭비하고 말기 때문이다.

예의범절

잘 훈련하여 익히지 않는다면, 미성숙한 예의범절과 태도는 달라지지도
개선되지도 않은 채 아버지에게서 아들로 그대로 이어질 것이다.

'예의범절' 없이는 그 어떤 자질도 완전해지지 못할뿐더러 무익해질
수도 있다.

예의 바른 태도가 분별력과 좋은 성품의 산물인 만큼, 예절을 모르
는 사람에게서는 분별력이나 좋은 성품을 기대할 수 없다는 사실은
놀라운 일이 아니다. 예의범절은 사람과 장소, 환경에 따라 그 모습이
다양하기 때문에 시간을 두고 관찰하지 않으면 습득할 수 없다. 그러
나 그 본질은 어느 곳에서나 똑같다.

예의범절이 특정 사회와 그 사회의 결속력 및 안전에 미치는 영향
은 도덕이 사회 전반에 미치는 영향과 같다. 선행 다음으로 중요한 것
이 교양 있는 태도를 갖는 것이다.

사람들로부터 존중과 존경을 받기 위해서는 학식과 명예, 미덕이
절대적으로 필요하듯이, 대화를 나눌 때나 일상생활에서 사람들로부
터 환영받고 그들과 조화를 이루기 위해서는 예의 바른 태도가 필요

예의범절 없이는 그 어떤 자질도
완전해지지 못할뿐더러 무익해질 수도 있다.

하다. 정치가의 뛰어난 웅변술이나 천재적인 철학 지식처럼 위대한 재능은 보통 사람이 제대로 평가할 수 없지만, 예의범절이나 상냥한 태도, 친절하고 기분 좋은 말투에 대해서는 누구라도 평가할 수 있다.

대개는 분별력이 있어야 예의 바른 태도를 지닐 수 있다. 어떤 상황, 어떤 사람에게는 예의 바른 행동인 것이 다른 상황, 다른 사람에게는 그렇지 못한 것일 수도 있기 때문이다. 그러나 예의범절에는 언제, 어떤 경우에서든 적용되는 일반적인 규칙이 있다. 예를 들어서 상대방에게 말할 때 듣는 사람의 지위에 따라 "선생님"이나 "어르신"을 붙여야 함에도 누구에게든 "예"나 "아니요"로만 대답하는 것은 무척 무례한 행동이다. 또한 상대방이 말할 때 그 말에 주의를 기울이지 않거나 예의 바르게 대답하지 않는 것, 혹은 말하는 중에 자리를 뜨거나 다른 일을 보는 것 등도 대단히 무례한 행동이다. 그러면 말하는 사람은 상대방이 자신의 말을 들을 가치도 없다고 여기거나 자신을 무시한다고 생각할 것이다. 또한 다른 사람들과 함께 있을 때 가장 좋은 자리에 먼저 앉거나 식탁에 좋아하는 음식이 있다고 해서 상대방에게 권하지 않고 자기가 먼저 집어먹는 것이 무례한 행동임은 말할 필요도 없을 것이다.

매너 좋은 사람으로 기억되고 싶다면 함께 있는 사람들이 편안할 수 있도록 늘 신경을 써야 한다. 예의범절은 격식을 차리고 교양 있는 태도를 유지하는 것으로만 이루어지는 것이 아니다. 편안하고 친절한 태도로 공손히 대할 때 완성되는 것이다. 이를 위해서는 그런 면에서 아주 뛰어난 사람, 즉 편안하고 자연스럽게 예의를 갖추는 사람들을 관찰해야 한다.

우리는 언제나 올바른 행동을 하는 것을 쑥스러워해서는 안 된다. 예의를 차릴 줄 모르는 것을 창피스럽게 생각해야지, 자신이 예의 바르게 행동하는 것에 대해서 부끄러워할 이유가 없다. 예의를 갖추고 정중하게 행동하는 것을 수줍어하는 것은 얼간이의 특징이다. 그런 사람은 자기보다 신분이 높은 사람이 말을 걸어오면 어쩔 줄 몰라서 당황하고, 상대방에게 대답을 해야 할 때는 새빨개진 얼굴로 더듬거리며, 비웃음을 당하면 어쩌나 하는 막연한 두려움 때문에 바보 같은 모습을 보인다. 그러나 예의 바르고 교양 있는 사람은 아무리 대단한 사람 앞에서라도 아주 편하고 자연스럽게, 그리고 매너 있게 행동한다.

예의범절 같은 건 사소한 것이라고 말하는 사람들도 있을 것이다. 그들의 말도 옳다. 그러나 필요한 일이라는 것 역시 사실이다. 예의범절은 관습이자 형식일 뿐이므로 젊은 사람이 잘 모른다고 해서 부끄러워할 일은 아니라고 그대는 스스로를 위로할지도 모른다. 그러나 모르는 게 당연한 것은 아니다. 배우려고 노력해야 한다. 예의범절을 익힐 수 있는 가장 간단한 방법은 그것을 모른다는 사실을 인정하고, 오랜 경험을 통해 예의범절을 습득한 사람에게 자문을 구하는 것이다. 분별력과 훌륭한 성품만 가지고 있어도 전반적으로 예의 바르고 교양 있는 태도를 지닐 수 있다. 그러나 예의범절에는 기본적인 원칙 외에 수많은 세부 사항이 있다. 이는 오랜 시간에 걸쳐 관습을 통해 확립된 것으로 그런 미묘하고 섬세한 예의범절이 고귀한 사람과 불한당을 구분 짓곤 한다. 예의범절은 사회생활의 바탕을 이루는 것이고 사람들은 서로에게서 예의범절을 기대하는 만큼, 뛰어난 예의범절을 갖춘 사람은 어디를 가든 환영받을 수 있다.

이해는 일반적으로 감정의 일면이다. 우리는 때로 감정의 작용을 통해 어떤 상황을 가장 확실하게 이해할 수 있다. 만일 거만한 사람이 건방지게 예의를 갖춘다면―그런 것이 가능하다면 말이다―대놓고 무례하게 구는 것보다 더 불쾌할 것이다. 그런 태도는 속마음은 그렇지 않으면서 겉으로는 겸손한 것처럼 보이려고 취하는 행동일 뿐이라는 걸 대하는 입장에서는 잘 알 수 있기 때문이다. 그는 평범하게 허리를 숙여 인사하는 대신 아랫사람에게 하듯 고개를 끄덕임으로써 자신과 상대방은 대등한 관계가 아니라는 듯한 태도를 보이고, 자기와 함께 앉거나 걷거나 먹거나 마시는 일도 자신의 승낙이 있어야 이루어질 수 있다는 듯한 인상을 준다.

돈 자랑을 하고 싶어 하는 사람이 마지못해 내보이는 관대함은 가난한 사람들을 모욕하는 것이다. 가끔은 도움이 되기도 하지만 말이다. 그런 사람은 가난한 사람으로 하여금 스스로 얼마나 비참한 처지에 놓여 있는지 느끼도록 만들고, 그런 처지가 부자인 자기의 형편과 얼마나 다른지를 실감하게 한다. 그리고 그가 가난한 것은 어리석기 때문이고, 자신이 부유한 것은 현명하기 때문이라는 뜻을 넌지시 비친다.

거만하게 학자연하는 사람은 상대방과 의견을 나누기보다 자신의 지식을 일방적으로 강요하고, 자신의 지식을 전달하기보다 상대방이 무지하다는 사실을 드러내려는 데 더 큰 의미를 둔다.

이런 태도는 상대방의 자존심에 큰 상처를 주며, 그 사람이 그런 행동을 한—즉, 물질적으로 도움을 주거나 지식을 전해준—동기와 태도가 순수하지 못하다는 사실을 상기하게 함으로써 그가 호의랍시고 보이는 행위에 대해 고마운 마음이 들지 않게 만든다.

예의범절을 제대로 갖추는 일은 대단히 어렵지만, 그것이 필요하다는 사실에는 반대할 수 없을 것이다. 아무리 예의를 모르는 사람이라 해도 자신보다 우수하다고 스스로 인정하는 사람에게 존경심을 갖지 않는 사람은 거의 없다. 여기서 내가 문제 삼는 것은 존경심을 갖느냐, 갖지 않느냐 하는 점보다도 존경심을 표현하는 태도다. 예의바른 사람은 상대에 대한 존경심을 자연스럽고 편안하게 드러낸다. 그러나 사람들과 잘 어울리지 못하는 사람은 그것을 아주 이상한 방법으로 표현한다. 자연스럽고 품위 있는 방식으로 존경심을 표하는 방법을 배워야 한다. 내가 지금에 있기까지는 내 장점이나 지식보다는 사람들을 대하는 태도와 마음가짐의 힘이 컸다. 나는 사람들을 기쁘게 하고 싶었고, 그러기 위해 필요한 모든 수단을 동원했던 것이다. 겸손한 체하려고 하는 말이 아니라, 정말로 그랬다.

형식에 구애받지 않으면서 예의 바른 태도를 유지하고, 부주의하지 않으면서 편안하게 행동하며, 겸손하면서도 확고하고 결연한 모습을 보였다. 가식적으로 점잔을 빼기보다 품위를 잃지 않기 위해 노력했으며, 천박하거나 비열한 방법을 쓰지 않고서도 상대의 환심을 샀다. 너무 산만하지 않게 명랑한 태도를 유지했고, 솔직하되 경솔하게 행동하지 않았으며, 어떤 말이나 행동을 하기에 앞서 그것이 때와 장소에 적절한 것인지 늘 살폈다. 이 모든 것은 짧은 시간에 쉽게 배울 수 있는 것이 아니다. 오랜 기간 다른 사람들의 행동을 관찰함으로써 배울 수 있는 것이다. 이 세상은 거대한 책과 같아서 제대로 읽고 이해하려면 오랜 시간 주의해서 들여다봐야 한다.

사람들은 예의범절을 상당한 분별력과 어느 정도의 훌륭한 성품, 그리고 다른 사람들을 대접하고 사람들로부터 같은 대접을 받고자 하는 약간의 자제력의 산물이라고 정의한다. 그러므로 분별 있고 훌륭한 성품을 지닌 사람이라도 예의범절을 갖추지 못할 수도 있다는 것은 무척 놀라운 사실이다.

예의범절을 표현하는 방식은 사람, 장소, 상황에 따라 무척 다양하다. 하지만 그 본질은 언제 어디서나 동일하다. 앞서 말했듯이 예의범절이 특정 사회에 미치는 영향은 도덕이 사회 전반에 미치는 영향과 같다. 즉, 사회의 결속을 다지고 안전을 지키는 역할을 하는 것이다. 그리고 도덕적 행위를 독려하기 위해, 혹은 최소한 부도덕한 행위가 가져오는 나쁜 영향을 방지하기 위해 법률이 존재하듯이, 예의범절을 지키게 하고 그것을 지키지 않는 사람에게 벌을 주기 위해서 보편적으로 받아들여지는 예의범절과 교양에 대한 규칙이 있다. 사실, 이 둘은 내가 볼 때 어기면 처벌을 받는다는 점에 있어 별 차이가 없다. 다른 사람의 재물에 손해를 끼친 사람은 그 행동에 대해 법률에 따라 처벌받듯이, 타인의 평화롭고 편안한 사생활을 침해한 무례한 사람은 그 구성원들의 합의하에 사회에서 추방된다.

문명사회에서 사람들이 서로를 공손하게 대하고 서로에게 주의를 기울이며 다른 사람을 위해 작은 편리함 정도는 희생할 줄 아는 것, 이것은 왕이 백성들을 보호하고 백성들은 왕에게 복종하는 것만큼이나 자연스럽게 맺어진 암묵적인 협정이다. 그러므로 이를 어긴 사람은 협정을 통해 얻을 수 있었던 모든 이점을 상실하게 된다.

나는 교양 있는 행동을 하는 것이 선행을 하는 것 다음으로 기분 좋다. 그리고 내가 가장 듣고 싶은 말은 "예의 바른 사람"이라는 말이다. 그만큼 예의라는 것은 중요하다. 그러면 이제부터 다양한 상황에서의 예의범절에 대해 살펴보도록 하겠다.

'견고한 지식'은 장차 어떤 사람이 되고 어떤 재산을 갖게 될지를 결정하는 매우 중요한 조건이라고 볼 수 있다. 그보다 더 중요한 신념과 도덕성에 대해서는 굳이 강조할 필요가 없을 것이다. 그러나 이 두 가지에 지식을 갖추었다 해도 여전히 부족하다. 지식에 더해서 예의 바르고 교양 있는 태도를 지녀야 한다. 그래야 세상 밖으로 나아가기가 한결 수월해진다. 크고 거친 다이아몬드는 타고난 가치가 있기 때문에 벽장 안에 있어도 원석의 값이 떨어지지는 않겠지만, 갈고 닦지 않으면 빛을 내지도 사람들의 몸을 장식하지도 못한다. 예절도 마찬가지다.

이 세상에는 너무나 시시하고 하찮은 나머지 어떤 식으로라도 그대에게 도움이 될 일이 전혀 없는 사람은 없다. 그대가 단 한 번이라도 어떤 사람을 멸시하는 태도를 보인다면 그는 절대로 그대를 도와주지 않을 것이다. 잘못한 행동은 용서받을 수 있지만, 상대를 멸시한 것은 절대로 용서받을 수 없다. 우리의 자존심은 누군가에게 멸시당

예의범절을 표현하는 방식은
사람, 장소, 상황에 따라 무척 다양하지만
그 본질은 언제 어디서나 동일하다.

했던 일은 영원히 기억한다. 멸시를 당했다는 것은 자신의 약점이 들
춰졌다는 뜻인데, 우리가 죄보다도 약점을 숨기기 위해 훨씬 더 애를
쓴다는 것을 생각해보면 이해하기 쉬울 것이다. 친구에게 자신의 잘
못을 털어놓는 사람은 많지만 아무리 친한 친구에게라도 자신의 바
보 같은 약점을 이야기하는 사람은 없지 않은가. 마찬가지로 잘못한
일에 대해 지적해주는 친구는 있어도 약점을 건드리는 친구는 없다.
자신의 약점을 남에게 말하거나 남으로부터 자신의 약점에 대해 듣
는 것은 너무나 자존심이 상하는 일이기 때문이다.

예의범절 다음으로 중요한 것은 '품위'다. 품위는 예의범절을 돋보
이게 하고, 예의범절은 지식을 돋보이게 한다. 말하는 태도는 특히 중
요한데, '명확하고도 우아하게' 말하는 것이 그 사람의 품위를 한층
더해준다.

다른 사람의 내면을 평가하기 위해서는 먼저 자신의 내면을 들여
다봐야 한다. 일반적으로 사람들은 상당히 비슷하다. 물론 사람마다
중요하게 생각하는 감정은 각기 다르지만, 그것이 드러나는 방식은
거의 비슷하다. 그대를 흡족하게 하거나 정떨어지게 만드는, 또는 기
쁘게 하거나 불쾌하게 만드는 다른 사람들의 어떤 성격적 요소가, 조
금 다르긴 해도 그대에게도 있다. 그래서 그대 역시 다른 사람들을 만
족시키거나 정떨어지게 하거나 기쁘게 하거나 불쾌하게 만들 수 있
다. 그러니 그대의 마음이 어떻게 변화를 일으키는지, 그대를 움직이
는 열망의 본질이 무엇인지, 그대의 의지를 결정짓는 다양한 동기는
무엇인지 최대한 주의 깊게 관찰해봐라. 그러면 세상 사람들의 심리

도 이해할 수 있게 될 것이다.

예를 들어 누군가가 그대로 하여금 열등감을 느끼게 만든다면, 그대는 상처를 받고 위축될 것이다. 그리고 그대는 그 마음을 알기 때문에 우정을 나누고 싶은 사람에게는 그런 감정을 느끼지 않게 하고자 무척 조심할 것이다. 또한 불쾌하게 비꼬아 말하거나 빈정대는 것, 계속해서 그대의 의견에 반박하는 등의 행동이 그대를 짜증 나고 화나게 만들기에 그대는 호감을 얻고 싶은 사람에게 그런 행동을 절대 하지 않을 것이다. 나는 그대가 세상 모든 사람의 마음에 들고 그들을 기쁘게 해주고 싶어 하기를 바란다.

사람들은 때로 재치 있는 사람으로 평가받고 싶어서 특정인을 상처 주는 무리한 농담을 한다. 그러나 이런 식의 농담은 그를 경우 없는 사람으로 비치게 할 뿐만 아니라, 적을 만들어줄 수도 있다. 누군가가 그대를 대상으로 그런 농담을 할 때 마음속에 일어날 불쾌감과 화, 분노를 생각해봐라. 그리고 다른 사람들에게 그런 감정을 갖게 하는 것이 분별 있는 일인지 생각해봐라. 실없는 농담으로 친구를 잃는 것은 어리석은 일이다. 그리고 중립적이던 사람을 농담 한마디 때문에 적으로 만드는 것 역시 못지않게 어리석은 일이다.

누군가가 그대에게 그런 행동을 할 경우, 그대가 보일 수 있는 가장 현명한 대응은 그 농담이 그대를 겨냥한 것이 아니라고 생각하는 것이다. 그 때문에 화가 나더라도 다른 사람들과 함께 웃으며 넘겨버려야 한다. 절대로 상대방과 같은 방식으로 응대해서는 안 된다. 그것은 그대가 상처를 받았다는 사실을 보여주는 것이며, 상대의 목적은 바로 거기에 있기 때문이다. 절대로 그래서는 안 된다.

다양한 사람들과 함께 있을 때는 상대방의 나이와 신분에 맞게 말해야 한다. 나이가 지긋한 사람이나 성직자에게 친구나 애인에게 하듯 말하는 것은 무례하고 어리석은 행동이다. 그러나 그런 사람들과도 편안하게 대화할 수 있어야 한다. 문제는 '태도'다. 상대를 존중한다는 인상을 주면서 두 배는 더 주의 깊게 대화에 임해야 한다. 그리고 그들의 환심을 사고 그들의 경험으로부터 무언가를 얻고 싶다면, 의도가 드러나지 않을 정도로 은근하게 그들의 기분을 맞춰주는 센스도 필요하다. 이를테면 아첨도 지나치지만 않다면 누구에게나 기분 좋은 말이 될 수 있다.

어떤 모임에서 그대보다 나이가 더 많고, 세상에 대해 더 잘 알며, 그 자리에 더 잘 어울리고 사람들로부터도 더 환영받는 사람이 있다고 해서 의기소침해지거나 자신이 무시당한다고 생각할 필요는 없다. 시간이 지나면 그대의 차례가 올 것이다. 그대가 사람들을 기쁘게 해주고자 하는 태도를 보이면, 당황하거나 실수를 하더라도 그대의 의지는 받아들여질 것이다. 그리고 사람들은 그대를 비웃는 대신 기꺼이 가르쳐주려고 할 것이다.

분별력은 예의범절의 큰 틀을 마련해줄 뿐이다. 끊임없는 세심한 관찰과 실천만이 예의범절의 미묘한 특성과 섬세한 차이를 깨닫게 해줄 수 있다. 일정한 지위에 있는 사람들에게는 자연스럽게 예의를 갖출 수 있겠지만, 다양한 상대를 그 사람의 지위에 맞게 존중하는 적절하고도 미묘한 방법은 꽤 긴 시간 동안 관찰하고 피부로 느껴야 터득할 수 있다.

세상 어느 곳을 가든 잊지 말아야 할 태도가 또 하나 있다. 어떤 사람과 대화를 할 때는 그 사람에게 주의를 집중해야 하며 집중하고 있다는 사실을 보여야 한다는 것이다. 함께 이야기를 나누는 사람에게 주의를 집중하지 않는 것만큼 무례하고 용납하기 힘든 행동도 없다. 상대가 말을 하는 동안 그 사람의 말에 귀를 기울이며 그 사람을 쳐다보는 대신 천장을 보거나 창밖을 내다보거나 코를 만지는 사람들이 있는데, 정말이지 상대방을 불쾌하게 하는 예의에 어긋난 행동이다. 말하는 사람 입장에서는 무시당하고 있는 듯한 느낌을 받기 때문에 이는 곧 언짢은 감정으로 이어진다. 사람이라면 누구나 어느 정도는 가지고 있는 자기애와 자존심에 상처를 입는 것이다. 그것은 그 사람의 신분이나 계급과는 상관없다. 아랫사람조차도 야단을 맞은 것보다 무시당한 일을 더 오래 기억할 것이다.

따라서 다시 한 번 강조하지만, 누군가 그대에게 말을 할 때는 그 사람에게 진정으로 주의를 기울여야 할 뿐 아니라, 주의를 기울이며 듣고 있다는 사실이 인식되도록 분명하게 행동해야 해야 한다. 그리고 말하는 상대방의 말투에 따라서 거기에 말투를 맞추도록 해야 한다. 심각하고 진지하게 말하는 사람에게는 진지하게 대하고, 즐겁게 말하는 사람에게는 즐겁게 대하는 것이다. 물론 그런 태도는 자연스럽고 편안하게 나와야 한다.

여기서 나는 그대가 "그렇게는 못 해요"라는 어리석은 말은 하지 않으리라고 믿는다. 이는 바보들과 얼간이들이 즐겨 사용하는 변명

사람들에게 첫인상으로 호감을 줄 수 있는
유일한 방법은 예의 바른 태도뿐이다.

이다. "나는 똑같은 일에 오랫동안 주의를 기울이지 못해요"라고 말하는 사람도 있다. 이것은 자신은 바보이기 때문에 그렇게 하지 못한다는 것을 나타내는 말일 뿐이다. 세상 모든 사람이 다 하는 일을 못한다고 말하는 것은 참으로 수치스러운 일이다.

여러 부류와 다양한 연령대의 사람들이 모여 있는 자리라 해도 동년배에게는 좀 더 편안하고 자유롭게 대하게 된다. 그러나 그들에게도 지켜야 할 예의는 있다. 기본적으로 동년배라 해도 상대를 존중하는 마음을 가져야 한다. 대화의 주제를 먼저 꺼내는 것은 괜찮지만, 겸손한 자세로 해야 한다. 허용되는 말과 몸짓, 태도는 연장자들과 있을 때보다 그 폭이 훨씬 넓지만 여전히 한계는 존재한다. 주머니에 손을 넣거나 담배를 피울 수도 있고, 앉거나 서 있을 수도, 왔다 갔다 할 수도 있을 것이다. 그러나 휘파람을 불거나 모자를 쓰거나 허리띠를 풀거나 소파에 드러눕거나 안락의자에 파묻혀 꾸벅꾸벅 조는 것 등은 부적절한 행동이다. 그런 행동은 혼자 있을 때나 용납되는 자유다. 이런 모습은 윗사람에게는 대단히 무례한 일이며, 동년배에게는 불쾌하고 놀라운 일이고, 아랫사람에게는 모욕적인 일이다. 호감을 줄 수 있는 편안한 태도는 부주의하고 태만한 자세와 전혀 다른 것이다. 그리고 편안하게 행동하라는 것이 하고 싶은 대로 해도 된다는 뜻은 아니다. 편안하면서도 예의 바르게 행동하려면 주의를 기울여 세심하게 상대방을 관찰해야 하며 부적절한 행동을 해서는 안 된다. 예를 들어 설명하는 것이 가장 이해하기 쉬울 테니 확실한 예를 들어보겠다.

그대와 내가 단둘이 한 공간에 있다고 가정해보자. 나는 그대가 어떻게 행동하든 용인해줄 것이고 그대 역시 내 행동에 제재를 가하지 않을 것이다. 그러면 과연 내가 누릴 수 있는 자유에는 한계가 없을까? 나는 그렇게 생각하지 않는다. 그렇기 때문에 어느 정도는 예의를 지킬 것이다. 만약 그대가 나에게 말을 하고 있는데 내가 딴생각을 하거나 하품을 크게 하거나 코를 골면서 그대의 말에 집중하지 않는다면 그대는 나를 야만인으로 볼 것이다.

다양한 사람이 모인 자리에서는 성별과 나이에 따라서도 다르게 말해야 한다. 얼마만큼 나이가 있고 위엄이 있는 사람은 젊은 사람들로부터 어느 정도 존경을 받을 것을 기대한다. 물론 그들 앞에서도 편안하게 행동해야겠지만, 동년배 앞에서와는 태도가 달라야 한다. 상대를 좀 더 존중해야 하며, 듣기 좋은 말로 환심을 사는 것도 좋다. 상대가 여성인 경우에는 항상 존중하고 깊은 관심을 가져야 한다. 이는 남성의 의무이기도 하다.

또 하나 상대에게 예의를 지키는 데 있어서 중요한 점이지만 사람들이 중요하게 생각하지 않는 것이 있다. 자신의 현재 기분을 모든 사람에게 똑같이 내보여서는 안 된다는 사실이다. 상대방의 기분이 어떤지 잘 관찰하고 그의 기분에 맞춰야 한다. 예를 들어 자기 기분이 좋고 유머가 번뜩이는 날이라고 해서 원래 성격이 진지하거나 우울한 사람, 혹은 때마침 슬픔에 빠져 있는 사람 앞에서 콧노래를 부르면 되겠는가? 자신의 기분을 억누르지 못하겠으면, 비슷한 기분을 가지고 있는 사람을 찾아서 대화를 나누도록 해라.

젊은 사람이 독단적이고 단호한 것은 연장자들 앞에서는 그리 바람직한 모습이 아니다. 너무 똑 부러지는 모습을 보이는 것보다는 조금은 온건하게 표현하는 것이 좋다. 나이가 많고 경험이 많은 사람은 그 정도의 대우는 받으리라 기대하며, 실제로 그럴 자격이 충분히 있다.

표정을 부드럽고 상냥하게 갖자. 조금은 주저하는 듯한 태도로 다른 사람들을 존중하는 표현을 사용하자. 예를 들어 "이런 말씀을 드려도 될지 모르겠지만……"이라든가 "그렇지 않을까요?"와 같은 표현이라면 좋다. 이런 온건한 표현을 쓴다고 해서 주장하는 바가 약해지는 것은 아니다. 오히려 상대가 듣기 좋게 말을 함으로써 더욱 강력한 주장을 펼 수 있다. 말이 너무 빨라서 다른 사람들에게 단호하고 독단적이라는 오해를 받을 여지가 있다면, 좀 더 속도를 늦춰 신중하고 부드러운 목소리로 말을 함으로써 포용력 있는 이미지를 심어줘야 한다. 외면을 넘어서 본심을 꿰뚫어 볼 만큼 통찰력이 있는 사람은 별로 없기에 대개는 감추어진 실체보다는 겉모습에 지배를 받는 경향이 있다. 그러므로 의견을 제시하는 데 있어서라면 부드럽고 온화한 태도로 주장을 하는 것이 좋다. 부드럽게 보이게 하는 태도와 목소리 톤, 표정은 그리 어렵지 않게 지닐 수 있는 것들이며, 생각보다 큰 역할을 한다. 대부분의 사람은 그런 태도를 지닌 사람을 친절하고 겸손하며 훌륭한 성품을 가진 사람으로 생각할 것이다.

여기서 조심해야 할 것이 한 가지 더 있다. 절대로 코나 귀를 후비지 말아야 한다는 점이다. 사실 너무 많은 사람이 이 같은 행동을 한다. 이것은 여러 사람이 있는 자리에서 해서는 안 되는 가장 상스럽고 불쾌하고 추잡한 행동이다.

　신사라면 기품이 있어야 한다. 분별력이 그런 태도를 어느 정도는 갖추어줄 것이다. 물론 다른 사람들을 관찰한다면 좀 더 섬세한 태도도 배울 수 있을 것이다. 앞에서도 거듭 말했지만 사람들의 태도, 말투, 몸짓 등을 세심하게 관찰하도록 해라. 동시에 천박한 사람들의 행동도 조금은 보아둘 필요가 있다. 그런 행동을 피하기 위해서다. 그런 사람은 같은 말이나 행동을 하더라도 그것을 드러내는 방식이 완전히 다르다. 그리고 바로 거기에 상류층 사람과 구별되는 특징이 있다. 저급한 사람도 상류층 인사와 마찬가지로 말을 하고 움직이며 옷을 입고 먹고 마신다. 그러나 그 방법이 전혀 다르다. 따라서 저속하고 천박한 사람이 말하고 행동하는 것과 정반대로 행한다면 예의범절을 제대로 갖춘 것일 가능성이 높다.

　모든 일이 그렇듯 천박한 행동과 어색한 행동, 그리고 예의 바른 태도에도 정도와 등급이 있다. 단지 무례하지 않은 것이 예의 바른 것은 아니다. 상대방이 고개를 숙여 인사할 때 함께 고개 숙여 인사하고, 상대가 말을 걸면 대답을 하고, 실례되는 말을 하지 않는 것은 예의 바른 태도의 소극적인 면면일 뿐이다. 불쾌한 사람이 아니라고 해서 그를 고상한 사람이라고 칭찬할 수는 없지 않은가? 아는 사람들에게서 호의를 얻고 존경을 받으려면 적극적이고 유쾌하며 예의가 발라야 한다.

　예를 들어 누군가를 식사에 초대한다면, 상대방이 어떤 음식을 특히 좋아하는지 기억해두었다가 그 음식을 준비한다. 그리고 식사를 할 때 "전에 보니 당신이 이 음식을 좋아하시는 것 같더군요. 그래서 특별히 준비했습니다", "이것은 당신이 제일 좋아하시는 와인 같아서 어렵게 구했습니다"라고 말한다. 이런 것은 사소해 보이지만 상대방에게 관심이 있다는 것을 입증하는 행동이다. 이처럼 사소한 일에 주의를 기울이는 행위는 상대를 얼마나 존중하는지를 보여주는 척도가 된다. 따라서 사소한 부분에 주의를 기울인다면 상대는 거기에서 오는 감동을 결코 잊지 못한다.

이렇게 생각해보자. 다른 사람들이 그대에게 이처럼 세세한 부분에까지 신경을 써준다면 그대 역시 기분이 좋아지지 않겠는가? 사람은 누구나 자기를 기분 좋게 해주는 사람에게로 마음이 기우는 법이다. 특히 여성들의 평가는 상당 부분 남성의 명성을 결정짓는다. 그러므로 여성들로부터 좋은 평을 들을 수 있도록 노력해야 한다. 그러자면 여성들에게 관심을 보이면 된다. 여성들은 관심을 받는 데 익숙하고, 관심을 받기를 기대한다. 그리고 여성들에게 관심을 보이면 대부분 효과가 있다. 또 더 나아가 여성들을 꼼꼼하게 챙기고 배려해야 한다.

사람들에게 첫인상으로 호감을 줄 수 있는 유일한 방법은 예의 바른 태도뿐이다. 예의 바른 태도는 고개를 숙이고 인사하거나 격식을 차린다고 해서 가질 수 있는 것이 아니다. 그것은 편안하지만 공손하고 정중한 행동에서 비롯된다. 상대가 말을 걸어오면 공손하고 상냥하게 대답해야 하고, 다른 사람들과 함께 식사를 할 때는 단정한 태도로 음식을 먹어야 하며, 모두가 아직 서 있는데 먼저 앉지 말아야 한다. 그리고 이 모든 행동을 정중하게 해야 한다. 내키지 않지만 어쩔 수 없다는 듯한 표정을 짓거나 불만스런 태도를 보여서는 안 된다.

예의 바른 태도는 여러 가지 요소의 조합이다. 정중하면서도 유연한 태도를 갖고 예절의 형식에 너무 얽매이지 않는 것이 중요하다. 그리고 상대방의 말에 동의를 하든 하지 않든 표정과 몸짓, 말씨에서 부드러움을 유지해야 한다. 사람들에게 호감을 주는 부드러운 태도를 지닌 사람을 잘 관찰하도록 해라. 분별력이 있다면 그런 태도를 구성하는 요소들이 무엇인지 알아낼 수 있을 것이다. 그리고 누군가가 요청한 것을 거절해야 할 때, 또는 상대방의 뜻에 어긋나는 말을 해야 할 때는 특히 부드러운 태도를 보여야 한다. 호감은 이런 수많은 작은 요소가 모여 만들어지는 것이다. 이것이 바로 지금껏 내가 부드럽고 공손한 태도를 수차례 강조해온 이유다.

재능 있고 학식이 풍부한 사람도 경험과 관찰을 통해 세상에 대해 배우지 못하면 불합리한 사람이 될 수 있고, 결국 사람들에게 환영받지 못하게 된다. 그런 사람은 좋은 이야기는 할 수 있지만, 타이밍이 적절치 못하거나 장소가 적합하지 않거나 표현 방식에 문제가 있어서 차라리 말하지 않는 게 나은 경우가 많다. 그런 사람은 자기 자신의 생각에만 빠져 있어 세상 돌아가는 사정에 어두우며, 다른 사람들이 직면하고 있는 개개의 특정한 상황에 관심이 없어서 부적절한 말을 아무 생각 없이 내뱉는다. 덕분에 사람들은 깜짝 놀라 당황하며 과연 다음에는 무슨 말을 할까 하는 생각에 불안해한다.

내가 그대에게 권할 수 있는 가장 보편적인 법칙은—경험을 통해 그 법칙이 진리라는 것을 확신하게 될 것이다—여럿이 함께 있을 때는 분위기를 주도하지 말고 사람들이 만들어놓은 분위기를 따라가라는 것이다. 그리고 다른 사람들로 하여금 그대를 칭찬하거나 동경하게 만들지 말고, 그들의 자존심을 충족시켜주기 위해 노력해야 한다. 상대방을 부각시켜서 그로 하여금 그 자신의 가치를 느낄 수 있게 해주면 그 사람은 결국 그대를 좋아하게 될 것이다.

실제로 이 세상의 4분의 3을 차지하는 평범한 사람들은 상대의 말투와 태도에 따라서 그 사람의 됨됨이를 파악한다. 그리고 상당한 지력을 지닌 사람들 또한 그렇다. 눈과 귀를 끌지 못하는 것에는 마음도 호감을 느끼지 못하는 것이다.

그리고 기억해야 할 것이 또 있다. 상대방을 즐겁게 하고 싶은 열망은 그런 열망이 일어난 동기에 따라 그 사람을 기분 좋게 할 수도 있고, 거부감이 들게 할 수도 있다는 점이다. 타인을 기쁘게 하고 싶다는 마음이 진심에서 우러난 것이라면 그 바람은 결실을 맺을 수 있을 것이다. 그러나 그 마음이 월등해 보이고 싶다는 허영심에서 비롯된 것이면 그 시도는 수포로 돌아갈 것이다. 우리가 호감을 느끼는 사람은 남을 기쁘게 하는 일을 기분 좋게 하는 성향을 타고난 사람이다. 그런 척을 하는 것과는 다르다. 둘 중 어떤 모습을 지니느냐가 그대의 미래를 결정지을 것이다. 선택은 그대에게 달려 있다.

상류층의 기품을 가졌다는 것은 다양한 사람들 앞에서 적절하게 행동하는 법을 알고 있다는 것을 뜻한다. 세상을 경험함으로써 올바른 태도를 갖지 못한다면 수많은 재능도 아무 쓸모가 없어질 것이고, 교양 없는 사람이 될 것이며, 그런 인간의 자유는 타인을 불쾌하게 만들 것이다.

옥스퍼드나 케임브리지의 기숙사에 혼자 앉아서 열심히 책만 들여다보는 학생은 인간의 본성에 대해서 논리적으로 설명하고, 인간의 머리, 가슴, 이성, 의지, 열정, 감각, 기분 등등에 대해 깊이 있게 분석할 수 있을 것이다. 그러나 불행히도 그 학생은 진정한 인간에 대해서는 알지 못한다. 세상에 섞이지 못한 탓에 사람들의 다양한 방식, 습관, 편견, 취향에 대해 알지 못하기 때문이다. 그 학생은 아이작 뉴턴이 프리즘을 통해 색을 보는 것처럼 사람의 특정 부분밖에 보지 못한다. 그러나 숙련된 염색업자는 다양한 색조와 농도를 볼 줄 알고 각각의 색이 결합하면 어떤 빛깔을 내는지도 안다. 대부분의 사람은 여러 가지 색과 다양한 색조를 지니고 있다. 그리고 실크가 빛에 따라 다른 색을 내는 것과 마찬가지로 인간은 상황에 따라 다른 빛깔을 띤다.

세상을 터득한 사람은 그런 사실을 안다. 자신의 경험과 다른 사람들에 대한 관찰을 통해서다. 그러나 세상을 등지고 자기 방에만 틀어박혀 있는 철학자는 그런 사실을 알 수 없다. 이론만으로 알 수 있는 게 아니기 때문이다. 그래서 그런 사람은 어색하고 불합리하게 행동할 수밖에 없다. 춤을 책으로만 공부한 사람이 우스꽝스럽게 춤추는 것과 마찬가지다.

의심할 여지 없이 이 세상에서는 강인한 사람들이 약한 사람들을 지배해왔다. 그러나 그런 지배는 세상에 대한 지식과 경험을 통한 방법에 의해서만 이루어질 수 있는 것이다. 나는 우수한 사람들이 본인들은 전혀 깨닫지 못하는 사이에 자신보다 훨씬 못한 사람에게 지배를 받는 경우를 많이 봤다. 이는 열등한 사람들이 우수한 사람들보다 세상 물정을 더 잘 알고 경험도 더 많으며 수완이 뛰어날 때 가능한 일이다.

세상에 대한 지식은 우리에게 특히 두 가지에 대해 많은 것을 가르쳐준다. 그 두 가지는 똑같이 중요하다. 그것은 다름 아니라 자신의 감정을 통제하고 표정을 관리하는 것이다. 세상을 모르는 사람은 마음에 들지 않는 일이 발생할 때마다 분노로 끓어오르거나 수치심에 사로잡힌다. 분노는 그 사람을 미친 사람처럼 행동하게 만들고 수치심은 그 사람을 바보처럼 보이게 만든다. 그러나 세상을 아는 사람은 자신이 화내서는 안 되는 일이나 화를 낼 수 없는 일에 대해서는 이해하는 모습을 보인다. 그런 사람은 말실수를 하더라도 당황해서 더 큰 실수를 불러오기보다 침착하게 상황을 회복시킨다. 그리고 "단호하게 실행하되 태도는 공손하게"라는 훌륭한 격언을 몸소 실천한다.

세상을 살아가는 지혜가 없는 사람은 아무 말이나 지껄이고 해서는 안 되는 말을 가리지 못한다. 그러나 살다 보면 불편한 상황에서도 편안한 표정을 보여야 하는 경우가 적지 않다. 거짓으로 웃느니 솔직한 감정을 드러내겠다고 말할 사람도 있겠으나, 자신이 좋아하지 않는 사람에게 예의 바른 태도를 보인다고 해서 사실을 속이는 것은 아니다. 예의 바른 태도는 보편적으로 합의된 것이고, 당연한 것으로 받아들여지는 미덕이며, 사회질서와 평화가 유지되기 위해 필요한 것이다.

그렇기 때문에 예의가 없는 사람은 좋은 사람들과 친구가 될 수 없는 것은 물론 환영받을 수도 없다. 그런 사람은 같이 사업을 하기에도 부적절한 인간으로 취급받는다. 그러니 예의 바른 태도를 생각과 행동의 주요한 목표로 삼기 바란다. 특히 공손한 태도를 지닌 사람들의 말과 행동을 주의 깊게 관찰하고 그들을 닮고자 노력해라. 예의 바른 태도가 이 세상 모든 능력에 행하는 역할은 자선 활동이 기독교의 모든 미덕에 행하는 역할과 같다. 그 장점을 더욱 돋보이게 할 뿐만 아니라 부족함을 덮어주기도 하는 것이다.

선량한 성품

구름 한 점 없이 맑고 밝은 성품에 축복 있으라!
그 성품 덕에 내일도 오늘만큼 즐거우리니!

선량한 성품이나 그것을 대신할 만한 것이 없다면 어떤 사회나 대화도 유지될 수 없다. 예의 바른 태도는 선량한 성품이 품위 있게 구현된 것이며, 그런 성품이 뒷받침되어 있지 않은 예의는 가식에 불과하다.

사람들과의 대화에서는 선량한 성품을 지닌 사람이 재치 있는 사람보다 더 사랑받는다. 선량한 성품은 단순히 아름다운 외모보다 더 호감 가는 인상을 만들어주어 때로는 어리석은 실수를 저지르더라도 참을 수 있게 해준다. 그러니 선량하고 밝은 성품을 지닐 수 있도록 노력해야 한다.

그 일환으로 작은 일에 기뻐할 줄 알고 자기 존재에 만족할 줄 아는 것만큼 가치 있는 일도 없을 것이다. 고상한 척 꾸미는 태도는 자기가 남보다 더 세련됐다고 생각하며 그것을 과시하려는 사람들에게서 흔히 볼 수 있다. 그런 사람들은 이 사회의 병적인 존재들로, 선량한 성품과는 거리가 멀기에 물들지 않도록 조심해야 한다.

가능한 한 명랑한 기분을 지니되,
젊음이 가지고 있는 경솔함은
경계해야 한다.

스스로 예의 바른 태도를 지녔다고 주장하는 사람들 중 많은 수가 함께 대화를 나누는 사람들에게 자신이 고통받았던 일이나 골머리를 썩은 일, 부당한 대우를 받았던 일 등을 들려주며 상대를 즐겁게 해주려고 하는데, 사람들을 즐겁게 해줄 수 있는 여러 가지 방법 중에서도 가장 천하고 못난 방법을 택하다니 참으로 놀라운 일이다. 자신의 불만거리를 시시콜콜 늘어놓는다는 것은 결국 자기 자신이 매우 하찮은 사람이라는 걸 광고하는 꼴밖에 안 된다.

언제 어디서 누굴 만나든 항상 유쾌한 기분을 동반해야 한다. 그리고 친구들이 축하해야 하는 일이 아닌 다음에는 자기 자신에 대해 언급하지 않는 게 좋다. '진짜 삶'이란 건 없다. 유쾌한 삶이 있을 뿐이다. 따라서 개인적으로 안 좋은 일이 있는 사람은 모임이 끝날 때까지 자기 자신에 대해서는 이야기하지 않기로 스스로 다짐해야 한다.

무슨 일을 하든 마음을 유쾌한 상태로 유지하고, 만족하고 기뻐하는 기질 아래로 정신이 가라앉지 않도록 주의해야 한다. 화를 내거나 언짢은 기분이 되어 굳이 자신의 삶에 불행한 면을 추가하지 않더라도, 운은 우리에게 충분히 실망할 일들을 안겨주고 우리 자신도 어쩌지 못하는 결점이 우리를 고통스럽게 할 날이 있다.

그렇다면 즐겁고 유쾌한 기분을 유지할 수 있는 방법을 연구해야 한다. 지나치게 희희낙락하는 것보다는 밝고 명랑한 기분을 갖는 정도가 좋다. 최소한의 만족감을 스스로도 얻고 남에게도 줄 수 있는 기질을 갖도록 해야 한다. 그런 기질이 없다면 예의 바른 태도도 갖출 수 없으며, 아무리 기분 좋은 말과 행동을 하더라도 예의 있는 척하는 것처럼 보일 뿐이다.

진정 즐겁고 유쾌한 기분을 지니려면 모든 사악하고 심술궂은 기질과 맞서 싸워야 한다. 죄책감이 우리에게서 명랑한 기질을 앗아 가듯 악덕은 사람을 화나게 만든다. 악덕이 판치는 곳에서 살아가는 사람은 평화롭고 침착한 마음을 지닐 수 없다.

존경할 만한 사람이 되기 위해서는 도덕성이 절대적으로 필요하다. 나는 금욕주의자는 아니다. 하지만 나만의 욕구를 채우기 위해 악덕에 접근하는 일은 결코 없다. 악덕은 내면의 평온을 방해하는 적이며, 내면이 평온하지 못하다면 아무리 오랜 시간이 지나도 사람은 발전하지 못한다.

내가 이렇게 말하는 것은 유쾌한 기질을 억누르게 하려는 것이 아니라 독려하려는 것이다. 사람들과 함께 있을 때는 가능한 한 명랑한 기분을 지니되, 젊음이 가지고 있는 경솔함은 경계해야 한다. 명랑하고 유쾌한 태도는 사람들의 마음을 기분 좋게 해주고 호감도를 높여주지만, 경솔한 태도는 의도한 바가 아니었다 하더라도 사람들을 불쾌하게 하는 경우가 많다. 말과 행동에 앞서 그 자리에 어떤 사람들이 모여 있으며 상황은 어떠한지를 잘 파악해야 한다. 사람들이 모인 자리에는 으레 올바른 생각을 가진 사람보다는 잘못된 생각을 가진 사람이 많게 마련이다. 그리고 비판할 자격이 있는 사람보다는 비판받아야 하는 사람이 훨씬 많다. 그러므로 어떤 보편적인 악덕에 대해 비판을 할 때는 오해를 사지 않도록 조심해야 한다. 그대의 비판이 특정한 사람을 겨냥한 것이 아니라 하더라도, 그 비판에 뜨끔한 누군가는 그대가 사적인 감정을 가지고 자신만을 겨냥한 것으로 생각할 수 있다. 그러니 그대 또한 어떤 사람이 사회의 부도덕한 일면에 대해 비판할 때 그 말이 그대를 향한 것이라고 의심할 필요가 없다. 예의 바른 태도를 지니면 그런 간접적이고 비열한 공격으로부터 스스로를 지킬 수 있겠지만, 혹시라도 무례한 여성이나 얼간이가 그대 면전에서 그런 비난을 한다면 그에 반응하기보다는 못 들은 척하는 편이 훨씬 낫다.

여러 사람이 모인 자리에서 오가는 재치와 유머, 농담은 각각의 자리마다 고유한 특성을 띤다는 사실을 기억해야 한다. 어느 한쪽에서 통한 유머와 농담은 그쪽 토양에서 자라며, 다른 장소로 이식하면 견디지 못하는 경우가 많다. 모든 모임은 각기 다른 사정에 처해 있고, 그 모임만의 유행어와 은어를 가지고 있다. 그런 것들이 그 자리에서는 유쾌한 분위기를 만들어낼지 모르지만, 다른 자리에서는 재미없게 들릴 수 있다. 따라서 특정한 자리에서 쓰이는 특정 언어를 다른 자리에서 쓰지 않도록 조심해야 한다. 남들이 이해하지 못하는 농담을 하는 것만큼 사람이 우스워 보이는 것도 드물다. 농담뿐이 아니다. 어떤 자리에서 들었던 이야기를 다른 자리에 가서 다시 하지 않도록 주의해라. 별로 중요하지 않게 여겼던 것이 사람들의 입을 거치다 보면 심각한 결과를 낳을 수도 있다. 사회에는 굳이 비밀을 지켜달라는 당부를 듣지 않았더라도 어떤 자리에서 오갔던 이야기는 다른 곳에서 하면 안 된다는 암묵적 규범이 있다. 말을 옮기는 사람은 분명 곤경에 처하게 될 것이고, 어디를 가든 사람들은 그를 불편하게 여기고 반기지 않을 것이다.

품위

내가 젊은이들에게 자주 충고하는 점이지만, 계속해서 상기시켜야 할 만큼 중요한 사항이 있다. 그것은 고상하고 품위 있는 태도를 지녀야 한다는 것이다. 같은 말과 같은 행동을 하더라도 품위 있고 고상한 태도로 하면 무척이나 다른 효과를 가져온다.

즉, 바른 몸가짐은 사람들의 마음을 얻을 수 있는 길을 열어준다. 마음은 상대방을 이해하고 납득하는 데 아주 큰 영향을 미치기 때문에 사람의 마음을 얻는 일은 매우 중요하다. 이렇게 생각해보자. 그대가 어떤 사람을 처음 만났는데 그가 단정하지 못한 겉모습에 품위 없이 말을 하며―안절부절못하며 말을 하거나 웅얼거리거나 말을 질질 끌거나 하는 등―부주의하게 행동한다면, 그 사람이 아무리 분별 있고 장점이 많은 사람이라 하더라도 그대는 그에 대해 편견을 갖게 될 것이다. 그와 반대로 그가 단정한 외모와 옷차림에 품위 있는 말투와 행동을 보이는 사람이라면 첫인상부터 호감을 느낄 것이다. 다른 사람들을 보면서 그대의 기분을 좋게 하는 태도와 나쁘게 하는 태도를 잘 관찰해라. 다른 사람들 역시 그대의 태도에 따라 기분이 좋아지기도 하고 나빠지기도 할 것이다.

존경할 만한 사람들은 예의 바른 태도 다음으로 품위 있는 태도와 언동을 지니기 위해 노력한다.

품위 있게 행동하는 것은 사소하게 보일지 모르지만, 사생활에서는 사실 대단히 중요하다. 사람이라면 누구나 예의 바른 태도를 지닌 사람에게 호감을 느끼게 마련이므로 신분이 낮더라도 품위 있는 언동과 예의 바른 태도를 가졌다면 존경을 받을 수 있다. 반면에 신분이 높고 명석한 사람이라도 그런 태도를 지니지 못하면 사람들에게 불쾌감을 줄 뿐이다.

내가 아는 사람 중에 도덕적인 성격을 지녔고 신분도 높지만 도저히 좋아하기 힘들고 함께 있으면 머리가 다 아파지는 사람이 있다. 그의 몸은 기형이 아님에도 불구하고 인체의 평범한 구조를 비웃고 욕보이기 위해 만들어진 것처럼 팔과 다리는 제자리에 있는 법이 없고 동작도 우아함과는 거리가 멀다. 마실 것은 목으로 넘기지 못하고 늘 입 밖으로 뿜어내며 고기를 썰 때는 난도질을 한다. 사교 생활에도 관심이 없고 서툴러서, 늘 때와 장소에 적합하지 않은 말과 행동을 한다. 또한 상대방의 신분이나 성격, 상황에 관계없이 항상 열을 올리며 논쟁을 벌이기 좋아해서 상대방과의 친밀도나 상대를 어느 정도 존중해야 하는지에 대해서는 전혀 신경 쓰지도 않고 윗사람이든 동년배든 아랫사람이든 똑같이 말싸움을 벌인다. 그런 사람을 좋아할 수 있을까? 물론 그럴 수 없다. 그런 사람에 대해 최대한 배려하여 보일 수 있는 것은 '존경할 만한 야만인' 정도로 여기는 일일 것이다.

품위 없는 태도와 말투, 행동은 그 사람이 교육을 별로 받지 못했으며 수준 낮은 사람들과 어울린다는 증거다. 훌륭한 사람들을 자주 만나면서 그들의 태도와 행동을 조금이라도 배우지 못한다는 것은 불가능한 일이니 말이다. 이제 막 입대한 병사라면 간단한 집총훈련도 제대로 해내지 못하는 등 어색한 태도 때문에 군대 안에서 눈에 띌 것이다. 그러나 아무리 둔한 사람이라도 몇 달이 지나면 군대 안에서 보낸 시간이 그를 군인처럼 보이게 해줄 것이다.

상류사회 사람들의 복장과 몸가짐은 보통 사람에게는 부담스럽고 거추장스러운 것이다. 품위 없는 사람들은 모자를 벗었을 때는 어떻게 해야 할지 몰라 우왕좌왕하고, 옷은 사람을 압박하여 사람이 주인인지 옷이 주인인지 알 수가 없다. 그리고 마치 법정에 끌려나온 죄인 같은 모습으로 사람들 앞에 나선다. 상류층 인사 중에 이런 이를 상대할 사람은 없을 것이다. 그리하여 결국 그 사람은 수준 낮은 사람들과 어울릴 수밖에 없고, 일정 연령이 지나면 그 격차를 극복할 수 없게 된다.

대단치 않게 들릴지 몰라도 고상한 태도와 몸가짐은 사생활에 있어서, 특히 여성들과의 관계에 있어서 상대방의 호감을 얻는 데 굉장히 중요한 역할을 한다. 나는 첫 만남에서 어색한 모습을 보이는 바람에 상대로부터 호감을 얻지 못하고, 장점이 많음에도 불구하고 그 후 인상을 개선시키지 못한 사람들을 꽤 보아왔다. 그런 불행을 겪지 않으려면 어떻게 해야 할까? 간단하다. 고상한 태도와 언동을 지니면 된다. 고상한 태도와 언동은 사람들로 하여금 호감을 갖게 하고 마음을 향하게 한다.

어색한 태도는 두 가지 원인에서 나온다. 수준 있는 사람들과 사귀지 못했거나 그런 사람들을 주의 깊게 관찰하지 않았기 때문이다. 존경할 만한 사람들을 사귀는 것도 중요하고, 그들의 모습을 자세히 관찰하여 내 것으로 만드는 것도 중요하다. 그러자면 주의력이 절대적으로 필요하다. 주의력은 살아가는 데 있어서 모든 부분에 대단히 필요한 것으로, 주의력이 없는 사람은 이 세상을 살아가면서 어려움을 느낄 일이 많을 것이다.

행동이 어색하고 서투른 사람이 사람들이 모여 있는 방으로 들어갈 때는 다음과 같은 상황이 벌어질 수 있다. 그는 방으로 들어가면서 고개를 숙여 인사를 하다가 다리가 꼬이는 바람에 넘어질 뻔한다. 그러자 부끄럽고 당황스러워서 방 한쪽에 놓인 의자에 가 허둥대며 앉는다. 자기가 앉아서는 안 되는 자리에! 자리에 앉아서는 모자를 만지작거리다가 결국 떨어뜨린다. 그리고 바닥에 떨어진 모자를 주우려다가 지팡이를 넘어뜨린다. 지팡이를 일으켜 세우려다가 다시 모자를 떨어뜨린다. 결국 그 사람이 차분하게 자리를 잡기까지는 짧지 않은 시간이 걸린다. 차나 커피가 나오면 손수건을 무릎 위에 펴고 그것을 마시는데, 차가 뜨거워서 컵이나 접시를 떨어뜨리고 무릎에 차를 쏟는다. 식사를 할 때는 더욱 꼴사나운 모습을 연출한다. 단춧구멍에 냅킨을 끼우고 밥을 먹는데, 냅킨이 자꾸 턱을 간질이는 바람에 얼굴을 자꾸만 찡그리게 된다. 의자 끝에 엉덩이를 걸친 불안한 자세로 앉아서 식사를 하며, 자꾸만 음식을 식탁 위에 떨어뜨린다. 칼과 포크, 숟가락을 집는 모습도 다른 사람들과 다르다. 위험하게 칼로 음식을 찍어 먹기도 하고, 포크로 이를 쑤시기도 하며, 손가락으로 입안을 긁거나 입에 몇 번이나 넣었던 숟가락을 여러 사람이 덜어 먹는 요리에 다시 쑤셔 넣기도 한다. 고기를 자를 때는 관절 부위를 솜씨 좋게 자르지 못하고 뼈를 자르다가 소스를 다른 사람 옷에 튀기기도 한다. 자기 옷에 음식물을 묻히는 건 기본이다. 팔꿈치는 옆 사람 접시에 수시로 닿고, 수프에 손가락을 담그며, 건배를 할 때는 입안 가득 술을 머금은 채 "건강을 위하여!"라고 외치다가 기침이 나와서 식탁으로 술을 뿜기도 한다. 게다가 그런 사람은 불쾌한 버릇도 여러 가지 가지고 있어서, 코를 씰룩거리거나 손가락으로 코를 후비거나 코를 푼 다음 휴지를 들여다보거나 손을 앞섶에 넣어 가슴께를 긁다가 다시 엉덩이를 긁거나 할 수도 있다. 간단히 말해서 그는 그 자리에 모인 다른 사람들과는 복장도 태도도 몸가짐도 전혀 다르다. 모든 행동이 보기 흉하고 서투르다.

물론 그런 복장과 행동이 범죄는 아니지만, 교양과는 거리가 먼 것들이기 때문에 일반적으로 멸시의 대상이 된다. 마음에 들고 싶은 사람 앞에서는 절대로 해서는 안 되는 행동이다.

이상에서 묘사한 교양 없는 사람의 모습을 통해서 교양 있고 예의 바른 사람의 모습을 쉽게 짐작할 수 있다. 어떻게 행동해야 하며, 어떤 행동을 해서는 안 되는지 알았을 것이다. 이처럼 이 세상을 먼저

품위 없는 태도는 그 사람이
교육을 별로 받지 못했으며
수준 낮은 사람들과 어울린다는 증거다.

살아온 사람들의 태도를 조금만 주의 깊게 관찰하면 적절한 행동과 태도를 갖출 수 있다.

방법이 적절했다면 바람직하다고 여겨졌을 행동이 잘못된 방법 때문에 우스꽝스러운 행동이 되는 경우도 흔하다. 교양 있는 남자든 그렇지 않은 남자든 숙녀가 부채를 떨어뜨린다면 분명 주워서 그녀에게 줄 것이다. 그러나 양자의 행동의 차이는 상당히 크다. 교양 있는 남자는 그 행동을 품위 있게 함으로써 상대를 기쁘게 할 것이고, 교양 없는 남자는 어색하고 서투르게 행동함으로써 상대방의 비웃음을 살 것이다. 다시 한 번 강조하지만, 품위 있고 고상하며 교양 있는 태도에 우선적으로 주의를 기울여야 한다. 그런 태도를 지금 갖추지 않으면 평생 갖추기 힘들다.

모든 행동을 서두르지 말고 품위 있고 부드럽게 하도록 노력해야 한다. 그런 노력이 힘들고 귀찮은 일일까? 전혀 그렇지 않다. 생각해 보자. 사람들이 춤을 왜 배울까? 종교적 혹은 윤리적 차원에서? 아니면 교양을 쌓기 위해? 아니다. 단지 즐거움을 위해서다. 그러면 좋은 옷을 입고 머리를 매만지는 이유는 뭘까? 모두 귀찮은 일인데 말이다. 그건 스스로도 즐겁고 다른 사람들에게도 좋은 인상을 주기 때문이다. 그리고 그런 행동은 모두 바람직한 것들이다. 마찬가지로 품위 있고 부드럽게 행동하는 것 역시 우리 자신과 다른 사람들을 기분 좋게 하기 위한 것이다. 사실 이는 무척 필요한 일이다. 성품이 나쁜 사람이 아니면서 이런 걸 게을리함으로써 나쁜 사람처럼 보일 이유는 없지 않은가?

어떤 행동을 하는 방법과 태도가 그 행동 자체보다 더 중요한 경우는 많다. 똑같은 말과 행동도 표현 방법에 따라 상대에게 기분 좋은 것이 될 수도 있고 불쾌한 것이 될 수도 있다. 조각 작품에 있어서도 "재료보다는 장인의 솜씨가 중요하다"라는 말이 있다. 재료가 금이나 은처럼 귀한 것이라 하더라도 장인의 기량이 미치지 못하면 가치 있는 작품이 될 수 없다는 말이다. 사람에게 있어서는 태도와 언동에 같은 말이 적용될 수 있다. 아무리 지식이 많고 재능이 뛰어나도 그 사람의 태도가 불량하면 지식도 재능도 평가절하되기 쉽다. 한 사람의 인상을 결정짓는 요소로서 지식이나 재능이 10퍼센트를 차지한다면 태도는 90퍼센트 정도를 차지한다고 보아도 무방하다.

한편 "현명해지는 것은 인생 최고의 목표이며 행복의 근원이다"라는 말도 기억해야 한다. 지식과 재능이 없는 사람은 어느 곳에서 생활하더라도 엄청나게 우스꽝스러운 사람이 되고 만다. 나는 그대가 교육을 받음으로써 학자들의 지식과 예의 바른 사람의 태도를 결합하여 습득하기를 바란다. 학생들은 학교 선생님이나 친구들 외에 다른 사람들과는 얘기도 나눠보지 못한 채 스무 살이 된다. 학교에서 지식을 쌓기는 하지만 현대 역사나 문화, 교양에 대해서는 배움이 부족한 상태다. 그렇게 준비도 되지 않은 채라면 외국으로 나가봤자 자국에 남아 있는 것과 다름이 없다. 그 나라의 언어로 말하지도 못하고 사람을 대하는 데도 서툴러 늘 당황한다면 외국인들과 친구가 될 수 없다. 된다 해도 존경할 만한 사람과 좋은 교제를 하지는 못한다. 고작해야 선술집에서 밥이나 먹고 술이나 마실 것이다. 그대가 그런 사람들처럼 행동하지는 않겠지만 어쨌든 절대로 그렇게 되지 않도록 조심해야 한다. 어디를 가든 최고의 사람들과 어울리도록 해라. 그것이 여행을 하는 유일한 목적이자 이유가 되어야 한다. 신사로서의 즐거움은 최고의 사람들과 함께 있을 때만 찾을 수 있는 것이다. 저급한 사람들이 즐거움이라고 부르는 불의하고 염치없는 일련의 행위는 딱 그 수준에 맞는 사람들이나 즐길 수 있는 것이다.

자리에 앉는 모습만 봐도 교양 있는 사람을 알아볼 수 있다. 서투른 사람은 그 자리가 어색하여 어찌할 바를 모르고 경직된 모습으로 앉아 있지만, 교양 있고 품위 있는 사람은 어떤 자리에서라도 항상 편안한 모습을 보인다. 의자에 앉을 때는 축 늘어지듯 앉는 것이 아니라, 편안하고도 우아하게 기대앉아 자연스럽게 자세를 바꿔가며 사람들과 함께하는 자리에 익숙한 모습을 보인다.

손과 팔의 움직임을 자연스럽고도 고상하게 하는 것에 특히 주의해야 한다. 사람의 품위 있는 태도는 무엇보다도 손과 팔의 움직임에 의해 좌우되기 때문이다. 여성들은 그런 행동에 있어서 가장 훌륭한 심판관이다. 그대의 손놀림과 팔의 움직임을 보고 여성들이 만족한다면 남자들 역시 그러할 것이다.

많은 경우에 있어서 품위 있는 언동이 얼마나 큰 역할을 하는지 그대는 잘 모를 것이다. 품위 있는 태도와 몸가짐, 말투는 사람들의 호감을 사고 그들의 마음을 움직이게 한다.

말을 함에 있어서도 교양 없어 보이지 않으려면 상대방의 이름을 잊어버린다든가 이름을 잘못 기억한다든가 하는 것을 경계해야 한다. "왜 있잖아요, 그 사람", "그 여자 이름이 뭐더라?", "그때 그 사람 말이죠" 등으로 누군가를 칭하는 것은 대단히 상스럽고 무례한 행동이다.

목소리와 말하는 태도에도 역시 주의를 기울여야 한다. 웅얼거리면 자신감이 없어 보이고, 말이 너무 빠르면 품위가 없어 보이며, 저속한 표현을 사용하면 말에 신뢰가 가지 않는다. 상대가 그 뜻을 제대로 이해하지 못하는 수도 생긴다. 또한 마치 귀먹은 사람에게 이야기하듯 말할 때 거의 소리를 지르다시피 하는 사람도 있다. 그리고 너무 작은 목소리로 들리지도 않게 말하는 사람도 있다. 그런가 하면 상대방의 얼굴에 자기 얼굴을 바싹 갖다 대고 말을 해서 입 냄새를 풍기는 사람도 있다. 이런 습관들은 모두 불쾌하고 역겨운 것들이며, 교양 없는 사람들의 특징이고, 교육을 거의 받지 못했다는 증거다. 하지만 조금만 주의를 기울이면 쉽게 고칠 수 있는 것들이기도 하다.

간단히 말해서, 이런 작은 부분부터 예의범절에 주의를 기울이는 것은 일반적으로 사람들이 생각하는 것보다 훨씬 중요하다. 분별 있는 사람도 이렇게 사소한 예의를 갖추지 못해서 사람들에게 인정받지 못하기도 하고, 단지 이런 교양 있는 태도만을 완벽하게 지님으로써 인생에서 성공하는 사람도 있다.

손톱을 물어뜯거나 코를 파거나 머리를 긁거나 발을 구르거나 목을 가다듬기 위해 자꾸 헛기침을 하고 한숨을 쉬는 등 좋지 않은 습관이 몸에 배지 않도록 조심해야 한다. 이것들은 모두 대단히 불쾌한 습관들이다.

이렇게 불쾌한 습관은 처음 세상에 발을 내밀 때 어색하고 부끄러워서 갖게 되는 경우가 많다. 사람들 앞에 나서는 게 쑥스럽고 낯설어서 어떻게 해야 할지 몰라 그런 행동을 시작했다가 그것이 습관으로 굳어진 것이다. 이런 저급한 행동이 범죄는 아니지만 절대로 그런 행동을 하지 않도록 주의해야 한다. 사람들의 기분을 좋게 하고 사람들 마음을 얻는 데 있어서 좋지 않은 영향을 미치기 때문이다. 사람의 마음을 사는 것은 그들을 설득하고 그들을 이기기 위해 반드시 필요한 단계다.

거짓된 겸손이나 수줍음은 젊은이들이 친구를 사귀는 데 방해가 될 뿐 아니라 많은 적을 만들어준다. 그런 태도를 지닌 사람은 해야 할 일을 하는 것을 부끄러워하고, 비웃음을 살까 두려워서 마지못해 행동을 한다.

나 역시 그랬던 적이 있다. 나는 기분 좋은 사람들과 함께 있을 때는 겨우 안면만 있는 정도인 사람은 만나지 않기를 바랐다. 어쩌다가 그런 사람을 만나서 그가 알은척을 해 오면 어색하고 수줍게 인사를 받았고, 결국 상대는 나의 그런 태도 때문에 불쾌해했다.

규칙은 예를 들어 설명하면 이해하기가 더 쉬울 것이다. 그대가 친한 친구들과 함께 공원을 걷다가 뜻밖에 예전에 알고 지냈던 행색이 초라한 사람을 만났다고 가정해보자. 그럴 때 그대라면 어떻게 하겠는가? 나라면 그에게 달려가서 포옹을 하며 친절하게 인사를 건넬 것이다. 그리고 함께 거닐던 친구들에게로 돌아온다. 그러면 친구들은 물을 것이다.

"굉장히 상냥하게 안아주는군. 저 볼품없는 자는 누군가? 정말 반가워하는 것 같던데."

그러면 나는 당당하게 이렇게 답할 것이다.

"그가 누군지는 말해주지 않겠네. 저 친구는 정말 장점이 많은 사람이야. 그래서 그와 함께 있으면 외모 같은 건 잊어버리게 되지. 어때, 소개받고 싶나? 그러면 나에게 뭔가 해줘야 할 거야."

그러고 나서 진지하게 덧붙일 것이다.

"나는 상대방의 외모나 환경 때문에 아는 사람을 모른다고 하지는 않네."

그러면 함께 있던 사람들은 나를 더욱 높이 평가하게 될 것이다. 옳다고 생각되는 행동을 할 때에는 두려워하거나 부끄러워하지 말고 꾸준히 해라.

사람들이 타고난 결점만을 가지고 살아간다면 결점이 많다고 할 만한 사람은 거의 없을 것이다. 나라면 타인의 악덕을 배우느니 차라리 그의 옷을 입겠다. 나는 그대가 결점이나 악습은 하나도 갖지 않기를 바라지만, 가져야 한다면 타고난 결점만을 지니고 다른 사람의 결점이나 악덕은 배우지 않기를 바란다. 다른 사람의 악덕을 배우는 것은 가장 치욕스럽고도 용서할 수 없는 일이다. 악덕에도 미덕과 마찬가지로 정도가 있다. 품위라고는 찾아볼 수 없는 사람들을 평가해보자면, 솔직히 그들은 가장 저급한 악덕을 지니고 있다. 그들의 용맹성은 사실 방탕함으로, 그로 인해 인격은 물론이고 건강까지 잃게 된다. 그들이 식탁에서 추구하는 쾌락은 짐승처럼 술에 취해 소동을 일으키고, 창을 깨는 것이며, 가끔은 누군가의 뼈가 부러지기도 한다. 그리고 그들은 즐거움을 위해서가 아니라 악덕을 위해서 사냥을 한다. 따라서 사냥은 오락의 차원을 넘어서 극단적인 형태를 띠곤 한다.

나는 그대가 거짓된 겸손이나 수줍은 태도는 절대 갖지 않기를 바란다. 옷차림도 다른 사람들과 비슷하도록 주의하고, 특이한 복장으로 튀지 않기를 바란다.

그렇다면 그대가 부끄러워해야 할 것은 무엇일까? 여러 사람이 모인 곳으로 자기 방에 들어가듯 편안하게 들어가지 못할 이유가 있다면 그게 뭘까? 단언하건대 우리가 부끄러워해야 할 것은 악덕과 무지뿐이다. 악덕하거나 무지하지만 않다면 어디를 가든 두려워하거나 걱정할 필요가 없다.

자신의 수줍은 태도 때문에 고민하고 괴로워하던 사람이, 반대의 극단으로 달려가 건방지고 무례하게 변한 경우를 많이 보았다. 이런 일 역시 피해야 한다. 오만하고 방자한 것보다 더 불쾌감을 주는 행동은 없다.

숫기가 없어 어색하게 행동하지도 않고, 그렇다고 건방지고 무례하게 행동하지도 않는, 중용을 지키는 것이 교양 있고 예의 바른 사람의 모습이다. 그런 사람은 누구와 있든 확고하면서도 편안한 모습을 보인다. 수줍어하지 않으면서 겸손하고, 무례하지 않으면서 침착하다. 그는 처음 만난 사람들과 함께 있게 된다면 그 자리에 있는 사람들 중 가장 존경받는 사람의 태도와 행동 양식을 주의 깊게 관찰하고 그를 본받고자 한다. 그곳의 관습에 대해 흠을 잡거나 자신의 방식이 최고라고 말하지 않고, 그곳의 식사 예절이나 옷차림, 집, 문화에 대해 칭찬할 것이 있으면 솔직히 칭찬해준다. 그런 공손하고 정중한 태도는 그릇된 것도 아니고 비굴한 것도 아니다. 함께 있는 사람들의 선의와 애정에 대해 작게나마 보답을 하는 것일 뿐이다. 대부분의 사람들은 마음이 약해 이런 작은 일들에 기뻐하지만, 이런 작은 일에서조차 남들을 기쁘게 해주려고 하지 않는 사람은 내가 보기에 그들보다 더 약한 존재다.

내가 지금까지 여러 차례에 걸쳐서 강조한 품위 있고 고상한 언동은 중요한 상황에서만 실천하면 되는 거라고 착각하지 않길 바란다. 아무리 사소한 말을 하고 사소한 행동을 하더라도 품위 있고 고상하게 해야 한다. 그렇게 작은 일에서부터 실천하지 않으면 큰일에서도 실천할 수 없다. 커피 한잔을 마실 때도 품위 있게, 외투의 단추를 잠그거나 신발 끈을 맬 때도 교양 있게 해야 한다. 말을 할 때는 웅얼거리거나 더듬거리거나 머뭇거려서는 안 되며, 상황에 맞지 않는 부적절한 말을 하는 일은 절대로 없어야 한다. 그대에게서 그런 모습을 본다면 그대의 부모는 그대가 부끄러워 도망칠 것이다. 품위 있게 행동하는 그대의 모습을 보고 달려가 그대를 껴안을 때보다 더 빠른 속도로!

남을 기분 좋게 하는 기술

세상을 편안하게 살아가고 싶다면 배워둬야 할 유용한 기술이 있다.
바로 사람들을 기분 좋게 만드는 기술이다.

이번에는 앞에서도 가끔씩 언급했던, 사람들을 기분 좋게 만드는 기술에 대해 본격적으로 이야기해보겠다.

공손하고 정중한 태도가 어떤 것인지에 대해서는 일반적으로 의견이 일치하지만, 그것에 대해 정의를 내리는 것은 어려운 일이다. 나는 그런 태도를 갖추는 것은 다른 사람들에게 깊은 관심을 갖고 주의를 기울이는 데서 시작된다고 생각한다. 그것은 많은 사람의 호감을 살 수 있는 모두가 부러워할 만한 비법이다. 하지만 그런 태도를 지닌 사람은 많지 않다.

아주 오래된 격언 중에 이런 말이 있다.

"백성들의 마음에 군림하는 군주가 가장 확실하고도 절대적인 지배를 한다."

군주의 인기는 군대보다 더 강력한 호위병이다. 그리고 군주에 대해 애정을 지니는 백성이 군주를 두려워하는 백성보다 훨씬 더 충성심이 강하다. 이런 원칙은 보통 사람들에게도 적용된다. 타인을 기분 좋게 하는 기술을 지니고 있어 여러 사람의 호감을 사는 사람은 그 무엇보다 강력한 힘을 가졌다고 할 수 있다. 그 힘은 그가 출세하는 데 도움을 주고 그의 몰락을 막기도 한다. 젊은이들은 사람들에게 인기를 얻는 것이 얼마나 중요한지를 심각하게 생각하지 않는다. 그러다 나이가 들고 좀 더 현명해지면 자기가 놓친 것을 회복하려고 애써보지만, 그땐 이미 소용없는 일이다.

이 강력한 힘을 얻는 것을 방해하는 데는 세 가지 요인이 있다. 그것은 바로 자만심, 부주의하고 무심한 태도, 그리고 수줍어하는 태도다.

나는 그대가 자만심을 갖고 있지는 않으리라 생각한다. 그대는 거리를 청소하는 사람이나 그대의 구두를 닦아주는 사람보다 그대가 더 우월하다고 생각하지 않을 것이다. 물론 그렇게 생각해서는 안 된다. 하지만 그대를 그들보다 좋은 환경에서 태어나게 한 신의 섭리에는 기뻐하고 감사해도 된다. 다만 그대가 가진 모든 이점을 즐기되, 그대가 가진 것을 갖지 못한 불행한 사람들을 모욕해서는 안 된다. 그들로 하여금 갖지 못한 것을 상기하게 만드는 불필요한 행동을 해서도 안 된다. 나는 나와 동등한 위치에 놓인 사람들을 대할 때보다 나보다 지위가 낮거나 열등하다고 여겨지는 사람들을 대할 때 훨씬 더 행동을 조심한다. 운명이 만들어놓았을 뿐인 우리 사이의 차이점을 그들로 하여금 느끼게 하려 한다는 의심을 받고 싶지 않아서다. 젊은이들은 이 점에 충분히 주의를 기울이지 않는다. 그리고 권위적이며 단호한 태도가 용기와 기백을 드러낸다고 착각한다.

모든 사람에게 관심을 갖고,
할 수 있는 한 모두를
기분 좋게 하기 위해 힘써라.

상대에게 주의를 기울이지 않는 무심한 태도는, 사실은 그런 게 아니라고 해도 상대를 멸시하는 거만함으로부터 나오는 거라고 여겨진다. 그렇기 때문에 그대가 누군가에게 무심한 태도를 보인다면 상대는 그대를 결코 용서하지 않을 것이다. 젊은이들은 이런 식으로 상대를 불쾌하게 만드는 경우가 많다. 그들은 자기가 잘 아는 사람, 지위가 높거나 아름답거나 재능이 뛰어난 일부 사람에게만 관심을 쏟는 경향이 있다. 그 외의 사람들에 대해서는 신경을 쓰지 않아도 된다고 생각하여, 심하게는 일반적인 예의조차 갖추지 않는 경우도 있다.

솔직히 고백하자면, 내가 젊었을 때 저질렀던 잘못 중 하나가 바로 이것이었다. 그때 나는 내 마음을 끄는 사람들에게만 관심을 쏟고 그 밖의 사람들이나 그 외의 모든 것에 대해서는 기본적인 예의도 갖출 필요가 없다고 생각했다. 성직자나 정치가, 똑똑한 사람, 아름다운 사람 등 빛나고 눈에 띄는 사람에게는 최대한의 예의를 갖추고 대했지만, 거기에 포함되지 않는 사람들은 무시했고 따라서 그들을 불쾌하게 만들었다. 그런 어리석음 때문에 나는 남녀를 불문하고 수많은 적을 만들었고, 결과적으로 거만한 사람이라는 평을 듣게 되었다. 사실은 단지 분별력이 없었을 뿐인데 말이다. 내가 만일 아름답지 않은 여성이나 나보다 못한 남성에게도 일반적인 예의를 갖춰 대하고 적당한 관심을 기울였다면, 적을 만드는 대신 친구를 만들 수 있었을 것이다.

우둔하고 지루한 남자들이나 나이가 많고 매력 없는 여자들에게까지 관심을 기울인다는 것은 때로 유쾌하지 않을 수도 있다. 그러나 그것은 인기를 얻고 사람들로부터 환영을 받기 위해 우리가 치러야 할 아주 작은 대가다. 사실 그런 것은 더 비싼 대가를 치르고라도 얻어낼 가치가 충분한 것 아닌가?

다음과 같은 조언으로 이 이야기를 결론짓도록 하겠다. 그대가 원하는 사람들의 마음은 열심히 노력해서 얻어라. 그리고 보편적인 예의와 관심으로 모든 사람으로부터 호감을 얻어라. 호감을 얻지 못한다면 좋은 평판을 듣고, 그것이 힘들다면 최소한 적은 만들지 않도록 해라. 모든 사람에게 관심을 갖고, 할 수 있는 한 모두를 기분 좋게 하기 위해 힘써라. 마음으로부터 그런 행동이 우러나지 않더라도 최소한 겉으로는 그렇게 하도록 노력해야 한다. 그런 행동의 방법과 태도는 시간과 장소에 따라 다를 테니, 각 상황에 적합한 대응법을 익히고 그에 맞게 행동해야 한다. 이 세상을 잘 파악하고 사람들을 잘 이해하는 것이 지금 그대가 갖춰야 할 미덕이다.

타인을 기분 좋게 하고 그들의 마음에 드는 기술은 필요한 것이지만 동시에 무척 익히기 힘든 것이기도 하다. 내가 그대에게 어떻게 하라고 일러주는 것보다는, 그대 스스로 사람들을 보고 관찰함으로써 더 많이 배울 수 있을 것이다. 그대가 남들에게 바라는 어떤 행동이 있다면, 그것을 그대로 다른 사람에게 행해라. 그것은 아주 확실한 방법 중 하나다.

타인의 행동 가운데 그대의 기분을 좋게 하는 것을 주의 깊게 관찰한 뒤 똑같은 행동을 해봐라. 사람들이 그대에게 공손하게 대하고 관심을 기울여줬을 때 그대의 기분이 좋다면 다른 사람들에게도 그렇게 대해라. 함께 있는 사람들의 기분을 따르고, 타인의 기분을 주도하려 하지 마라. 사람들이 즐거워한다면 그대도 즐거운 모습을 보이고, 진지하고 심각하다면 그대도 그런 모습을 보여라. 그리고 사람들 앞에서 장황하게 이야기를 늘어놓지 마라. 그들이 나누고 있는 주제에 적합한 이야기가 있다면 해도 되지만, 그 역시 가능한 한 짧게 해야 한다. 대화를 할 때 자기중심적인 면을 보여서도 안 된다. 그대의 사적인 일로 사람들을 즐겁게 해주려는 생각은 거둬라. 그대에게는 재미있는 일일지 몰라도 다른 사람들에게는 아무 관계도 없고 지루하기만 한 일이다. 또 그대가 스스로 장점이라고 생각하는 것을 사람들 앞에서 잘난 체하며 드러내지 마라. 그대가 지닌 장점이 진정한 것이라면 굳이 밝히지 않아도 저절로, 그것도 그대가 애써서 보여주려고 했을 때보다 훨씬 더 효과적으로 드러날 것이다.

사람들 마음에 드는 기술을 구성하는 다양한 요소 중에서 온화한 표정과 예의 바르고 친절한 태도처럼 효과적인 것은 없다. 사람들은 자신의 불완전성을 감추고 위장하기 위해 엄청나게 노력한다. 어떤 사람은 복장을 비롯한 여러 가지 방법을 이용하여 신체의 결점을 감추려고 애쓴다. 태어날 때부터 얼굴색이 좋지 않은 여성은 생기 있어 보이려고 화장을 하고, 무뚝뚝하고 사납게 생긴 사람은 표정을 누그러뜨리기 위해 억지로 미소를 짓는다. 그런데 젊은이들 중에는 자연이 준 이점을 무시하고 거부하고 위장하려 하는 사람이 있다. 신은 아주 밝고 편안한 표정을 주셨는데, 그는 우울하고 험상궂고 불쾌한 표정을 짓기 위해 애를 쓴다. 그런 표정이 남자답고 단호한 인상을 줄 거라고 생각하는 모양인데, 이는 대단히 큰 착각이다. 그런 표정은 기껏해야 사납게 보이는 임무를 맡은 독일 병사처럼 보이게 할 뿐이다.

사람들 마음에 들고자 하는 열망과 관심 없이는 타인의 마음을 사로잡을 수 없다. 나에게는 모든 사람의 마음에 들고 싶은 열망이 있었기 때문에 적어도 몇몇 사람에게는 호감을 얻을 수 있었다. 그리고 내가 세상에 조금이나마 이름을 알릴 수 있었던 것은 타고난 장점이나 심오한 지식 때문이 아니라, 모두를 만족시키려는 욕망 덕분이었다고 자신 있게 말할 수 있다.

사람을 대하는 데는 마음가짐도 중요하지만 그 방식 또한 무시할 수 없다. 호의와 친절을 베풀려던 것이 서투른 태도로 인해 상대를 불쾌하게 만들 수도 있고, 불쾌한 행동도 유쾌하게 함으로써 상대방이 고맙게 생각하도록 만들 수도 있다. 그 위대한 비밀이 무엇인지 알아내야 한다. 그런 비법은 분명 존재하며, 찾아내기 위해 큰 노력을 기울일 가치가 있다.

학자의 지식, 영웅의 용기, 금욕주의자의 미덕 등은 사람들로부터 동경의 대상이 된다. 그러나 지식에 거만함을, 용기에 잔인함을, 미덕에 융통성 없는 엄격함을 함께 지니고 있는 사람이라면 그는 누구에게도 사랑받을 수 없다.

타인에게 자신을 맞추고 친절을 베풀려는 태도는 어느 나라에서나 나타나는 인간의 본질적인 모습이다. 그러나 그런 태도와 성향을 행동으로 옮기는 방식인 예의범절은 지역에 따라 다르다. 분별 있는 사람은 어디를 가든 그 지역의 예의범절을 배우고 따른다. 이처럼 예의범절을 행하는 태도와 방식에 있어서 순응성과 융통성을 가질 필요가 있다. 이는 각각의 사람을 대할 때도 마찬가지다. 심각한 사람에게는 진지하게, 즐거운 사람에게는 명랑하게, 시시한 사람에 대해서는 가볍게 대하는 등 상대에 따라 적절한 태도를 지니는 것이다. 이런 재능은 정말 중요한 능력이니 이것을 지니기 위해 부단히 노력해라. 그렇다고 해서 다른 사람의 악행이나 범죄에 대해서도 듣기 좋은 말을 하고 부추기라는 얘기는 아니다. 그런 행동은 당장 그만두게 해야 한다. 그러나 사람들의 악의 없는 약점에 대해서는 너그럽게 감싸줄 줄도 알아야 한다.

모든 사람의 마음을 끄는 이런 소양은 주의를 기울여 관찰하면 쉽게 얻을 수 있다. 시골에서 밭일을 하던 농부를 군대에 데려다 놓으면 그는 곧 느린 걸음걸이와 구부정한 자세와 서툰 동작을 버리고 절도 있는 자세와 균형 잡힌 동작을 지니게 된다. 어떻게 그게 가능할까? 애초에 그렇게 타고났기 때문이 아니다. 그의 자질은 농부였을 때나 군인이 되었을 때나 똑같다. 그가 그렇게 될 수 있는 건 다른 군인들처럼 되고 싶다는 야망 때문이거나 그렇게 하지 않으면 벌을 받을지도 모른다는 두려움 때문이다. 어느 쪽이든 간에 그러한 동기가 그를 6개월 만에 완전히 다른 사람으로 바꿔놓았다면, 상류사회 사람들의 태도와 행동을 완벽하게 갖추기 위해선 얼마나 더 강한 동기를 지녀야 할까? 우선은 그 사람들과 최소한 같은 태도, 즉 품위 있고 교양 있는 태도와 스타일을 익히겠다는 야망을 반드시 가져야 한다. 그리고 그런 태도를 익히지 못했을 때 따르는 대가에 대한 두려움 역시 필요하다.

아무리 마음에 깊이 새겨도 지나치지 않은 격언이 있다. "태도는 부드럽게, 실행은 단호하게”가 그것이다. 이것만큼 인생의 모든 면에서 예외 없이 적용되는 유용한 원칙도 없다. 그렇게 중요한 것이니만큼 여기서 이 격언에 대해 설교를 좀 하도록 하겠다. 우선 “태도는 부드럽게”와 “실행은 단호하게”라는 두 가지 구호의 결합이 필요한 이유를 알아보고, 이 교훈을 철저하게 지켰을 때 얻을 수 있는 이점과 효용을 설명하도록 하겠다.

'부드러운 태도’가 ‘단호한 실행’의 지지를 받지 못하면 공손함은 비열하고 소심한 형태를 띠게 되고, ‘단호한 실행’에 ‘부드러운 태도’가 더해지지 않으면 성급하고 야만적인 인간으로 비치게 된다. 하지만 그 두 가지가 동시에 만족되는 경우는 드물다. 성미가 급하고 기운이 넘치는 사람은 ‘부드러운 태도’를 경멸하고, ‘단호하게 실행’하여 밀고 나아가면 된다고 생각한다. 나약하고 소심한 사람들을 대할 때는 통할 수도 있겠지만, 그런 태도는 전반적으로 타인을 놀라게 하고 불쾌하게 만들기에 결국 미움을 사게 된다. 그런가 하면 교활한 사람은 ‘부드러운 태도’로써 자신의 모든 목표를 이루려 한다. 그리하여 자기 의견이라고는 없이 비굴하게 상대방의 의견을 무조건적으로 따라 그의 비위를 맞춘다. 그런 사람은 바보들로부터는 존중을 받을지 몰라도 대부분의 사람들로부터는 곧 간파당해 경멸에 찬 시선을 받게 될 것이다. 오직 현명한 사람만이 ‘부드러운 태도’와 ‘단호한 실행’을 결합할 수 있다.

신분이 낮은 사람들에게 적용해야 하는 에티켓도 있다. 교양인은 어리석은 사람이나 거지를 모욕할 대상이 아니라 연민의 대상으로 본다. 언성을 높이며 말하지 않고, 상대가 잘못하면 침착하게 바로잡아 주며, 거절을 할 때도 친절하게 한다.

그대가 만일 어떤 권력을 갖게 된다면 명령을 내릴 때는 항상 온건한 태도로 해야 한다. 그러면 부하들은 그대의 명령에 기꺼이 따를 것이다. 반대로 너무나 고압적인 자세와 업신여기는 듯한 말투로 명령을 내린다면 부하들은 명령을 순순히 실행하기보다는 다른 생각을 품게 될 것이다. 예를 들어 내가 아랫사람에게 포도주를 한 잔 가져오라고 시키면서 그를 위압하고 모욕하는 말투와 태도를 보인다면, 그는 명령을 따르는 척하면서 내 몸에 포도주를 쏟는 방법을 생각해낼지도 모른다. 그리고 그렇게 당한다 해도 나는 할 말이 없다. 물론 그대가 결단한 일에 대해서는 냉정하고 침착하며 근엄한 태도로 명령을 내릴 필요가 있겠지만, 친절하고 부드러운 자세를 잊지 않음으로써 가능한 한 상대가 열등감을 느끼지 않고 기쁜 마음으로 그것을 행할 수 있도록 해야 한다.

상대에게 부탁을 하거나 뭔가를 요청할 때도 마찬가지다. 최대한 '태도를 부드럽게' 해야 한다. 그러지 않으면 그 부탁을 거절하고 싶은 사람에게 적당한 구실을 주게 된다. 또한 인내와 집요함을 통해 '실행은 단호하게'의 모습도 보여야 한다. 올바른 동기가 사람을 행동으로 이끄는 진정한 동기가 되는 경우는 거의 없다. 특히 정치가나 큰일을 결정하는 신분이 높은 사람들은 다른 무엇보다 끈질긴 요구나 보복에 대한 두려움 앞에 굴복하는 경우가 많다.

할 수 있다면 '부드러운 태도'로 사람들의 마음을 열어라. 그렇게 하지 못하더라도 최소한 상대를 불쾌하게 만들지는 마라. 하지만 단호한 모습은 충분히 보여야 한다. 그렇게 이쪽이 웬만해선 물러서지 않는 사람이라는 인상을 주면 그들의 정의나 인품에 호소해서는 얻을 수 없었을 것을 얻어낼 수 있다.

상류사회의 사치스럽고 편안한 생활을 누리는 사람들은 인류의 결핍과 빈곤, 고통에 무감각하다. 마치 의사가 환자의 고통에 둔감한 것처럼 말이다. 의사는 하루 종일 환자들을 보고 그들의 이야기를 듣기 때문에 어떤 것이 진짜 고통스럽고 어떤 것이 그렇지 않은지 구별하지 못하게 되어버린다. 따라서 단순한 인정이나 정의 외에 다른 감정으로 접근해야 한다. 높은 신분의 사람들을 상대할 때는 '부드러운 태도'로 그들의 호의를 얻어내야 하고, 끈질긴 요구를 통해 그들이 좋아하는 편안한 상태를 방해해야 하며, 무자비하고 냉정한 분노를 넌지시 비춤으로써 그들을 두렵게 만들어야 한다. 이것이 진정한 단호함이다. 이처럼 부드러운 태도와 단호한 실행을 겸비할 때 무시당하지 않으면서 사랑받고, 증오의 대상이 되지 않으면서 두려움의 대상이 될 수 있다. 그것은 결국 위엄 있는 태도와 성격을 만들어주는데, 그런 태도는 현명한 사람이라면 반드시 갖추도록 노력해야 하는 것이다.

무례하지 않은 것만으로는 부족하다. 예의 바르고 교양 있는 태도를 지녀야 한다. 예의 바른 태도의 첫 번째 원칙은 함께 있는 사람들 중 누구에게든 불쾌하게 들릴 수 있을 만한 말은 절대 하지 않는 것이다. 그리고 사람들을 기분 좋게 하는 말은 편안하고 자연스러운 태도로 해야 한다. 실제로 교양 있고 무례한 것과는 별개로 교양 있어 보이는 것과 무례해 보이는 것이 있다. 물론 교양은 반드시 갖춰야 하는 것이지만 교양 있어 보이는 것도 참으로 중요하다. 아무리 교양 있고 예의 바른 말을 하더라도 퉁명스럽고 뿌루퉁한 모습을 보인다면 사람들은 마지못해 예의를 갖추는 거라고 생각해 기분 좋게 받아들이지 않을 것이다. 또 다른 사람의 말에 반박하거나 상대방의 실수를 바로잡아줄 때 "그게 아니에요. 내가 더 잘 알아요" 또는 "당신이 틀렸어요"라고 말하는 것은 너무나 야만적인 행동이다. 대신 교양 있고 품위 있게 "죄송합니다만, 실수를 하신 것 같네요" 또는 "제 의견을 말씀드려도 된다면, 그건 이런 것 같습니다"라고 말해야 한다. 상대방을 무안하게 하려는 의도가 아니라면 실제로 그 사람보다 더 많이, 더 잘 알고 있다고 해도 그렇게 직접적으로 말해서는 안 된다. 무슨 말을 하고 어떤 행동을 하든 그것을 표현하는 태도와 방식, 표정이 공손하고 편안하고 자연스러워야만 교양 있게 받아들여진다는 사실을 기억해라.

그리고 특히 여성들에게는 항상 예의 바르고 품위 있게 대해야 한다. 상대가 성품이 고약한 여성이라도 예의 바르게 대하지 않으면 아무리 훌륭한 남자도 몰지각한 사람으로 여겨진다. 그것은 더 강한 힘을 가진 남자에 대해 약한 여성들이 지니는 유일한 보호막이다. 프랑스 사람들은 교양 있고 예의 바른 태도를 필수적인 것으로 여겨서, 교양 있고 성실한 사람을 '오네트 옴(honnéte homme, 교양인)'이라고 부른다. 그리고 로마인들은 예의범절과 교양을 사람과 떼려야 뗄 수 없는 관계라고 생각했기 때문에, '후마니타스(humanitas, 인간다움)'라고 불렀다. 그대가 이 세상에서 이룰 수 있는 성공과 명성은 많은 부분 그대의 예의범절과 교양의 정도에 달려 있다. 예의범절과 교양이 자연스럽게 몸에 배게 하기 위한 훈련은 아무리 일찍 시작해도 빠르지 않다. 그럼에도 불구하고 그것을 익히기 위해 서두르는 사람은 많지 않다. 젊었을 때 교양과 예의범절을 등한시하던 사람이 나이가 들어서 그 중요성을 깨달으면 너무 늦다. 나이가 들어서 그런 태도를 갖추기란 어려운 것이다.

간혹 훌륭한 사람들이 모인 괜찮은 그룹에 어울리지 않게 그 자리를 지키는 사람들이 있다. 그런 사람들을 우리는 성격이 아주 좋은 친구들이라고 하고, 프랑스에서는 '기분 좋은 악마들'이라고 한다. 사실 그들은 아무런 재능도 심미안도 없는 사람들이다. 그들은 자신의 의지라고는 전혀 없이 사람들의 의견을 쉽게 따르고, 누가 무슨 말을 하건 무조건 맞다고 한다. 그리고 무리의 대다수가 좋아하는 것이라면 그것이 옳은 것이든 그른 것이든, 현명한 것이든 어리석은 것이든 무조건 받아들인다. 이렇게 바보 같고 때로는 죄악에 가까운 그들의 공손함은 한심한 원인에서 비롯된다. 즉, 다른 장점이 아무것도 없기 때문에 그런 태도를 갖게 된 것이다. 그대는 절대로 그런 사람이 되지 않기를 바란다. 그대 자신의 의지로 그대의 의견을 견지해야 한다. 단, 말하지 않아도 잘 알겠지만, 그렇게 할 때의 태도는 기분 좋고 예의 바르며 세련되어야 한다.

그 외에도 좋은 사람들을 사귀는 데 있어서 반드시 필요한 것으로 정중함이 있다. 예를 들어 친구들의 사소한 약점이나 악의 없는 허식

태도는 부드럽게,
실행은 단호하게.

을 못 본 척하는 것은 무방할 뿐 아니라 공손한 의무이기도 하다. 어차피 그대가 그런 약점이나 허식을 바로잡아 주지는 못한다. 그러므로 괜히 그것을 지적하여 친구를 곤란하게 만들기보다는 적당히 눈 감고 넘어가 준다면 친구들은 좋아할 것이다.

사람들의 무리에는 늘 두 부류의 주요한 인물들이 있다. 우아한 숙녀와 기품 있는 신사가 그들이다. 그들은 그룹의 위트와 언어, 패션, 취향 등을 주도한다. 그리고 그 부류 사이에는 때로는 유연하고 때로는 엄격한 동맹 관계가 존재한다. 숙녀의 제국은 신이 주신 아름다움 위에 세워진 것으로 여겨진다. 그녀들은 무한한 복종을 요구하고, 그 요구는 보통 충족된다. 신사 역시 예의범절과 교양에 있어서 그 무리에서 주도적인 역할을 한다.

이쯤 되면 그대는 모든 사람을 기쁘게 하고 모두의 마음에 드는 것이 불가능한 일이 아니냐고 물을지 모른다. 나도 인정한다. 하지만 그렇다고 해서 가능한 한 많은 사람을 기쁘게 하기 위해 노력하는 것이 의미 없는 일인 건 아니다. 사실 살아가다 보면 누구나 적을 몇 명쯤은 갖게 된다. 하지만 오랜 경험을 통해 볼 때, 친구가 많고 적이 적은 사람이야말로 가장 강한 사람이다. 그런 사람은 가장 높은 자리에 오르면서도 가장 적은 시샘을 받고, 만일 몰락한다 해도 사람들로부터 가장 많은 동정을 받는다.

이 세상에서는 아무리 미천하고 저급하고 가난한 사람이라 해도 설명할 수 없는 변화에 의해 언제, 어떤 식으로든 훌륭한 사람들이나 부자들의 좋은 친구나 곤란한 적이 될 수 있다. 그러므로 모든 사람을 기쁘게 하는 방법과 수단을 지닌다면 그대는 승자가 되지 패자가 되지는 않을 것이다.

어떤 사람들은 자신과 그런 식으로 엮이지 않았더라면 좋아하거나 존중했을지도 모를 맞수나 경쟁자, 적대자에게 편안하고 교양 있는 모습으로 다가가지 못한다. 오히려 그들과 함께 있을 때 어색하고 서툰 모습을 무심코 드러냄으로써 일시적으로 반대의 입장에 있었을 뿐인 사람을 영원한 적으로 만든다. 이는 무척 안타깝고 해로운 일이다. 나라면 경쟁자나 적대자에게 더욱 공손하고 편안하고 솔직하게 대할 것이다. 이런 태도는 흔히 관용이나 아량이라고 불리지만, 사실은 센스이자 좋은 방책이다.

태도는 흔히 본질만큼이나 중요하며, 때로는 그것을 능가하기도 한다. 어떤 태도를 보이느냐에 따라 호의를 베풀고도 적을 만들 수 있고, 상처를 입히고도 친구가 될 수 있다. 표정, 말하는 방식, 사용하는 어휘, 발음과 말투, 그리고 품위 있고 고상한 몸가짐은 '부드러운 태도'에 효능을 더할 것이고, '단호한 실행'에 위엄을 더할 것이다. 그리고 결국 사람들의 마음을 사로잡을 수 있을 것이다.

"태도는 부드럽게, 실행은 단호하게.'

이는 종교적이고 윤리적인 의무의 측면에서 인간의 이상적인 모습을 짤막하지만 완벽하게 묘사하는 말이다.

청결

청결은 건강에 생기를 더해주고, 사랑에 순결한 매력을 더해준다.
누더기를 입더라도 몸이 청결한 것이 좋은 옷을 입고 불결한 것보다 훨씬 더 깨끗하다.

태도가 아무리 품위 있고 고상해도 몸이 청결하고 단정하지 못하면 사람들로부터 호감을 얻을 수 없다. 나는 청결은 품위 있고 고상한 태도 다음으로 중요한 덕목이라고 생각한다.

자기 몸의 청결을 돌보지 않는 것은 스스로 나태하다는 것을 드러내는 것일 뿐 아니라, 그 사람이 자신의 평판에 대해 얼마나 무심한지를 보여주는 것이다. 다른 사람들이 그를 보면 무례하고 건방지다고 생각할 것이다. 모든 사람이 활용하고 인정하는 방법을 사용하지 않은 채 타인의 호감을 살 수 있다고 생각하는 것으로 여겨지기 때문이다.

그런 진리를 확신하고 싶다면 미개인 여성과 영국인 숙녀를 비교해보면 된다.

아름다운 외모가 사랑의 감정을 불러일으킬 수는 있지만, 청결하지 못하다면 그 감정을 지속시킬 수 없다. 외모가 평범하더라도 청결한 사람이, 아름답지만 불결한 사람보다 더 많은 사랑을 얻는다. 항상 청결을 유지하는 사람은 나이가 들어서도 오랫동안 깨끗하게 사용한 금속처럼 반짝거린다.

한마디로 말해서 청결은 다른 사람들에게 더 좋은 인상을 줄 뿐만 아니라, 우리 자신을 더 편안하게 만들어준다. 몸이 청결한 것은 정신이 맑은 것과 같다. 외모가 깔끔한 사람을 보면 우리는 순수하고 깨끗하다는 인상을 받는다. 그러나 어떤 사람이 자기 몸의 청결을 돌보지 않는다면, 그것이 피치 못할 사정에 의한 것이라 하더라도 결국은 사람들에게 혐오감을 준다. 그리고 지저분한 생활 습관은 본인의 건강에도 영향을 미쳐 질병에 걸리는 결과를 낳을 수도 있다.

청결하지 못한 사람과 대화를 나누어본 적이 있다면 그 불쾌감을 기억할 것이다. 그러므로 입과 치아, 손과 손톱은 늘 주의해서 청결하게 관리해야 한다. 이것은 타인과 함께 세상을 살아가는 사람으로서 갖춰야 할 기본적인 예의다.

입이 더럽고 손이 깨끗하지 못한 것은 천박함을 드러내는 증거다. 입이 청결하지 못하여 나는 입 냄새는 참기 힘들며 손이 더러운 사람과는 악수를 나누는 것조차 꺼리게 된다. 손과 손톱 상태를 보면 그가 신사인지 아닌지 구별할 수 있다. 손톱은 손가락 끝이 보이도록 짧게 잘라서는 안 되고, 그렇다고 해서 손가락보다 길게 자라게 놔둬서도 안 된다. 손톱 밑에 시꺼먼 때가 보이지 않도록 해야 한다는 것은 굳이 강조하지 않아도 잘 알고 있으리라 생각한다.

이런 것들은 그리 중요하지 않은 것처럼 보일 수 있다. 하지만 모두들 느끼지만 말로 설명할 수 없는 수많은 '사소한' 것들이 모여서 사람들의 호감도를 좌우한다는 것을 생각할 때, 여기서 얘기하는 것도 단지 사소한 일이라고 치부해서는 안 된다. 뿐만 아니라 위에 잠깐 언급했지만 깨끗한 셔츠와 청결한 몸은 자신의 건강을 위해서도 무척 중요하다. 내가 지금까지 살아오면서 확인한 사실은, 스무 살에 자기 몸을 청결히 하는 데 게을리했던 사람은 나이가 먹을수록 점점 더 단정하지 못하게 되어, 나이 오십이 되면 남들이 참아주기 힘들 정도가 된다는 것이다.

옷차림

대부분의 사람들은 옷차림에 많이 투자한다.
그리고 이런 말도 있다. "옷이 날개다."

단정한 복장을 갖추는 것은 청결한 신체를 유지하는 것만큼이나 필요한 덕목이다. 어색하고 후줄근한 옷보다 더 사람을 비루해 보이게 만드는 것도 없다. 그것은 게다가 남들로 하여금 그 사람에 대해 편견을 심어주기도 한다. 아무리 뛰어난 철학을 지니고 있고 연설을 잘하는 정치가라 하더라도 양복 대신 담요를 두른 채 연설을 한다면, 많은 사람이 그의 웅변술에 찬사를 보내기보다는 복장을 비웃을 것이다.

복장을 규제하는 방식에 불합리한 점이 있다 해도, 옷차림이 단정치 못한 사람이라고 손가락질을 받기보다는 어느 정도 규칙을 따르는 것이 낫다. 그리고 다른 사람들과 자기 자신을 존중하는 차원에서도 단정치 못하거나 특이하고 괴상한 복장은 하지 않는 것이 좋다.

우선 복장을 아무렇게나 하는 것은 우리가 알고 지내는 여성들을 모욕하는 것이다. 여성들은 특히 복장에 신경을 쓰기 때문에 남자가 옷차림을 아무렇게나 하고 다니면 그가 자신을 존중하지 않는다고

옷은 항상 바느질이
꼼꼼하게 잘되어 있고
몸에 잘 맞는 것이어야 한다.

여길 수 있으며, 나아가서는 자신의 허영을 비난하기 위해 일부러 그런 옷차림을 선택했다고 받아들일 수도 있다. 그리고 앞서 말했듯이 패션의 세계에서 남성의 평판을 결정짓는 것은 여성들이다. 따라서 여성들 마음에 들지 못하면 남자들 사이에서도 설 자리를 잃어버리게 된다.

남자들은 사소하게 생각하는 경우가 많지만 복장은 그 사람의 첫인상을 결정하는 데 큰 역할을 한다. 그리고 잘 알다시피 첫인상은 때때로 일의 결과를 좌우하는 요소로 작용한다. 보통 우리는 사람의 옷차림을 보고 그의 분별력이나 성격을 어느 정도 판단하는데, 유행을 지나치게 좇거나 복장에 허식을 부리는 것은 분별력이 떨어지는 사람임을 나타내는 것이다.

젊은이들은 대개 옷차림에서 개성을 드러내려고 하지만, 분별 있는 사람이라면 너무 특이한 개성을 나타내는 것은 피해야 한다. 청결은 자기 자신을 위한 것이나, 그 외의 것들은 다른 사람들을 위한 것이다. 옷은 자신과 비슷한 위치의 다른 사람들과 비슷한 스타일 정도로만 잘 입으면 된다. 지나치게 옷을 잘 입으면 겉멋만 든 사람으로 여겨질 수 있고, 너무 신경을 쓰지 않으면 나태하고 무심한 사람으로 간주될 수 있다. 그러나 옷은 못 입는 것보다는 잘 입는 것이 낫다.

이 세상이 뭐라고 하든, 아니면 철학자들이 뭐라고 하든 사실 그들은 자기들이 그런 척하는 것만큼 복장에 무관심하지 않다는 것을 명심해야 한다. 누추한 복장을 하고 옷을 잘 입은 사람들 사이에 끼어서 하루만 다녀보면 내 말뜻을 이해할 수 있을 것이다. 그러니 그대만의 센스와 취향을 발휘하여 옷을 잘 갖춰 입도록 해라.

　다른 사람들이 멋들어지게 옷을 입는 자리에서는 그대도 멋들어지게 입고, 다른 사람들이 수수하게 입는 자리에서는 그대도 수수하게 입어라. 그러나 옷은 항상 바느질이 꼼꼼하게 잘되어 있고 몸에 잘 맞는 것이어야 한다. 그렇지 않으면 아주 어색해 보인다. 옷을 잘 입었다면 옷이 구겨지거나 더러워질까 봐 전전긍긍하지 말고 자연스럽고 편안하게 행동해라. 다시 한 번 말하지만, 예의를 차려야 하는 이 세상에서 복장은 아주 중요한 것이다.

말씨

품위 있게 말을 잘하면 그대가 소망하는 명예를 얻게 될 것이다.

신체와 복장의 단정함에 대해 얘기했으니 이번에는 품위 있는 말씨에 대해 이야기하도록 하겠다.

한두 가지 자질만 가지고는 교양인이 완성되지 못한다. 교양인은 수많은 자질과 특징이 어우러져서 이루어지는 존재다. 품위 있는 말씨는 단정한 몸가짐만큼이나 중요하다. 모든 사람이 균형 잡힌 목소리와 말투로 말할 수는 없을 것이다. 본디부터 목소리가 거칠거나 탁한 사람도 있을 테니 말이다. 하지만 그렇게 타고난 결점이 있는 경우가 아니라면, 말을 더듬거나 혀 짧은 소리를 내거나 이가 빠져 발음이 새지 않는 한, 품위 있게 말할 수 있다. 혹 그런 결함을 지녔다 하더라도 주의를 기울여 말한다면 그것도 큰 문제가 되지는 않는다.

말을 똑바로 하지 못하는 사람에게 기분 좋게 귀를 기울일 사람은 없다. 의사를 제대로 전달하지 못한다면, 그 얘기가 아무리 중요하다 한들 듣는 사람은 곧 지치고 말 것이다. 그가 굉장히 인내심이 강한 사람이라 해도 말이다.

훌륭한 연극을 본 적이 있다면, 말을 잘하는 것이 얼마나 큰 영향을 주는지 느꼈을 것이다. 일상 대화에서도 마찬가지다. 신중하고 명확한 발음으로 올바르게 말하는 사람, 자신을 표현하기 위해 적절한 단어를 사용할 줄 아는 사람, 주제에 따라 목소리 톤을 다양하게 바꿀 줄 아는 사람은 청자를 기분 좋게 한다. 반면에 말을 빠르게 하는 사람, 적절하지 않은 단어를 웅얼거리며 말하는 사람, 문법에 맞지 않는 말을 하는 사람, 단조로운 말투로 얘기하는 사람은 상대방을 지루하게 만드는 데다가 심한 경우 혐오감까지 느끼게 한다.

그대도 오래 살지는 않았지만 말을 품위 있게 하는 사람과 천박하게 하는 사람의 차이를 느꼈을 것이다. 사람이 좋지 않은 목소리로 더듬거리며 말하거나 주저하며 말할 때, 혹은 상스러운 단어를 써가며 문법에 어긋나게 말할 때는 듣기가 괴롭다. 그리하여 그런 말씨는 그 사람 자체에 대해서까지 편견을 갖게 한다. 나의 경우엔 그랬다. 그러나 반대로 침착한 목소리와 고상한 말투로 문법에 맞게 말을 하는 사람에게는 호감이 가고 마음이 끌린다. 올바른 어법과 명료한 말투는 설득력을 더해주고, 설사 논리가 부족하더라도 그런 말투가 그 부족함을 메워준다. 물론 그런 말투에 논리력까지 갖춘다면 상대방은 그 사람의 말에 설득당하지 않을 수 없을 것이다.

발성법에 결점이 있다면 특별히 주의를 기울여서 바로잡도록 해라. 어떤 언어를 쓰든, 누구와 말을 하든, 그 상대가 아랫사람이라 해도, 말씨와 말투를 소홀히 해서는 안 된다. 항상 최선의 단어를 선택하고 가장 듣기 좋은 어투로 말을 해라. 상대가 그대의 말을 잘 이해하지 못하는 일이 있어서는 안 된다. 몸을 청결히 하고 치장하는 것과 마찬가지로 말을 통해 생각을 더욱 가다듬고 꾸며야 한다.

품위 있고 명료한 웅변술은 그리스나 로마 시대만큼이나 오늘날에도 필요한 것이다. 사람들 앞에서 말을 잘하지 않고서는 큰 부자나 유명 인사가 될 수 없다.

상대방을 설득하려면 우선 그를 기분 좋게 해야 하는데, 그러려면 듣기 좋은 목소리로 모든 음절을 명료하게 발음하고 강세와 억양을 적절히 설정해야 한다. 그리고 전체적인 말씨에서 품위 있고 호감 가는 분위기를 풍겨야 한다. 그런 태도로 말하는 게 어렵다면 아예 입을 다물고 있는 편이 낫다. 그런 말씨를 갖지 못한다면 아무리 많이 배워도 소용이 없다. 학식이 위안이나 즐거움이 될 수도 있겠지만, 품위 있는 말씨를 통해 표현하지 못한다면 그것은 그 사람의 방 안에서만 가치를 지닐 뿐 이 세상에서는 아무런 쓸모가 없다. 그러니 부디 명료하고 품위 있는 말씨를 정복할 때까지 그것을 유일한 목표로 삼고 노력하도록 해라.

혼자 있을 때 책을 소리 내서 읽되, 중요한 행사에 모인 청중 앞에서 읽는 것처럼 명료한 발음으로 똑똑하게 읽도록 해라. 절친한 친구 앞에서는 연설문의 일부나 희곡의 한 장면을 소리 내서 읽어라. 마치 수많은 관객 앞에서 하는 것처럼. 발음하기 어려운 단어가 있다면 제대로 발음할 때까지 몇백 번이고 반복해서 연습해라. 말을 제대로 할 수 있을 때까지는 절대로 빠른 속도로 말하지 마라. 간단히 말해서,

뛰어난 연설가의 첫 번째 원칙은
모국어를 올바르고 품위 있게
구사해야 한다는 것이다.

그대가 미래에 어떤 인물이 될 것이며 얼마나 큰 재산을 모을 수 있을지를 결정짓는 무척 중요한 요소인 이 목표를 달성할 때까지는, 이와 관련이 없는 다른 책은 읽지도 말고 다른 생각은 하지도 마라.

항상 실수만 저지르는 저속한 사람들은 말을 잘하는 사람들을, 혜성을 볼 때와 마찬가지로 놀라움과 경이로움의 대상으로 본다. 초자연적이고 불가사의한 존재로 보는 것이다. 이런 잘못된 생각 때문에 많은 젊은이가 말을 잘하는 사람이 되겠다는 생각조차 하지 않는다. 그리고 말을 잘하는 사람들은 자신의 그런 재능을 신이 내려주신 선물까지는 아니더라도 아주 비범한 것으로 생각한다.

그러나 말을 잘하는 사람을 단순화해보자. 그에게서 자만심을 벗겨버리고 그를 장식하고 있던 다른 사람들의 무지를 거둬보자. 그러면 그에 대한 진정한 정의를 찾아낼 수 있을 것이다. 즉, 말을 잘하는 사람이란 주어진 주제에 대해서 상식과 분별을 지니고 있고, 논리적으로 사고하며, 자기 뜻을 품위 있게 표현하는 사람이다. 말을 잘하게 해주는 마법 같은 것은 없다. 단지 어느 정도 분별력을 갖춘 사람이라면 말도 안 되는 소리를 하지 않을 것이고, 품위 없이 말하지도 않을 것이다.

그러면 의회에서 연설을 잘하는 기술은 특별히 대단한 것일까? 그렇지 않다. 장소가 의회라는 것일 뿐, 사람들 앞에서 말하는 것은 어디서든 마찬가지다. 평범한 집에서 난로 주위에 둘러앉은 열네 명의 사람들을 앞에 두고 자기 의견을 제대로 말할 수 있는 사람은 의회에서 4백 명의 사람들 앞에서도 그 의견을 어려움 없이 말할 수 있을 것이다. 오히려 평범한 사람들이 의회에 있는 사람들보다 화자가 한 말에 대해 더 나은 결론을 내릴 수도 있고, 더 엄격한 비평을 할 수도 있다. 나 또한 의회에서 연설을 한 적이 적지 않고, 박수도 많이 받았다. 따라서 의회에서 연설을 하는 것이 대단한 일이 아니라는 것을 내 경험을 통해서 분명하게 말할 수 있다.

품위 있고 명료한 말투와 미사여구 몇 마디가 청중이 받는 인상을 좌우한다. 기억에 남을 만한 문장을 두세 마디 언급하면 사람들은 마치 훌륭한 오페라를 보았을 때처럼 만족해서 자기가 들은 좋은 말을 되새기며 돌아갈 것이다. 대부분의 사람들이 귀를 가지고 있지만, 제대로 된 판단력을 지닌 사람은 별로 없다. 따라서 사람들의 귀에 호소하면 그들로부터 좋은 평가를 받을 수 있다.

키케로는 저서 『웅변론』에서 연설가의 위엄을 높이기 위해서는 연설 외에 다른 면에서도 숙달되어야 한다고 주장했다. 즉, 숙달된 변호사, 숙달된 철학가, 숙달된 신학자 등이 되어야 한다는 것이다. 그것이 가능하다면 참으로 좋겠지만, 이를 모두 이루기에는 인간의 삶이 그리 길지 못하다.

시인의 자질은 타고나야 하는 것이지만 뛰어난 연설가는 노력으로 될 수 있다는 말이 있는데, 이것은 사실이다. 뛰어난 연설가의 첫 번째 원칙은 모국어를 올바르고 품위 있게 구사해야 한다는 것이다. 외국어로 말할 때는 큰 실수를 하더라도 용서받을 수 있지만, 모국어로 말할 때는 아주 사소한 실수도 웃음거리가 될 수 있다.

다시 한 번 말하지만, 학습을 통한다면 누구든 달변가가 될 수 있다. 웅변술을 익히는 것은 다른 사람들을 얼마나 주의 깊게 관찰하고 신경 쓰느냐에 달려 있다. 누구나 나쁜 어휘 대신 좋은 어휘를 선택해서 말할 수 있고, 적절한 말투와 태도로 말할 수 있으며, 품위 있고 고상한 몸가짐을 지닐 수 있다. 즉, 주의를 기울이고 노력을 한다면 말로써 얼마든지 호감을 얻을 수 있다.

꾸미지 않고 솔직하고 평범하게 말하면 되는 것 아닌가 하고 생각한다면, 정말 잘못 생각하는 것이다. 말을 함에 있어서는 그 주제보다 말을 얼마나 능란하게 하는지가 평가의 기준이 된다. 주제에 대해서는 제각기 하고 싶은 말이 있겠지만, 그것을 잘 꾸며서 조리 있게 말할 수 있는 사람은 별로 없다. 말을 하거나 글을 쓸 때 실수를 최소화하는 것으로는 부족하다. 결점 없이 똑바로 해야 할 뿐 아니라 품위와 교양을 갖추어야 한다. 결점이나 실수가 하나라도 발견된다면 그 사람은 용서받을 수 없다. 그것은 온전히 그 자신의 결점이고 실수이기 때문이다. 그러므로 가장 뛰어난 작가에게 주의를 기울이고, 그를 관찰하고, 모방해야 한다.

내가 오랜 경험을 통해 깨달은 것은 우아하고 청결하며 품위 있게 말을 잘하면, 연설을 하든 글을 쓰든 많은 결점이 덮인다는 사실이다. 나부터도(대부분의 사람들이 나와 같은 생각일 것이다) 상대방이 말을 더듬고 웅얼거리면 다시는 그 사람과 말을 하지 않을 것이다. 그럴 수만 있다면 말이다.

그다음으로 유의해야 할 것은 어떤 언어를 쓰든 간에 문법에 맞게 써야 한다는 점이다. 뜻이 통하지 않거나 실제 있지도 않은 말을 쓰는 것은 금물이다. 말을 이상하게 하지 않는 것으로는 부족하다. 말을 잘해야 한다. 말을 잘하기 위한 최선의 방법은 훌륭한 작가들의 글을 주의 깊게 읽는 것이다. 그리고 상류사회 사람들이 어떻게 말하는지, 의사 표현에 능숙한 사람들이 어떤 식으로 말하는지를 관찰하는 것이다. 부적절한 말을 서슴없이 하는 사람들이 있다. 그들은 상류사회 사람들은 절대 사용하지 않는 저급한 표현을 사용하고, 남을 당황시키는 말을 아무렇지 않게 내뱉으며, 시제를 잘못 선택해 듣는 사람이 그 말을 이해하는 데 혼란을 주기도 한다.

이와 같은 실수를 피하기 위해서는 뛰어난 작가들의 글을 많이 읽고, 그들이 사용하는 표현을 잘 관찰하고, 개념이 명확하지 않은 단어를 만나면 그 뜻을 정확하게 알기 위해 사전을 뒤지는 수고도 아끼지 말아야 한다.

말을 하기에 앞서서 사용할 단어와 그 배열에 대해 생각하고, 가장 품위 있는 단어를 선택하여 올바른 순서로 말한다. 소리 내어 말해보면서, 귀에 거슬리지 않는지 스스로 들어본다. 단조롭고 지루한 말투로 말하지 않는 것 역시 중요하다. 또한 말할 때의 몸짓과 표정에도 신경을 써야 한다. 아무리 사소한 이야기를 할 때라도 마찬가지다. 같은 이야기도 어떤 표정과 말투로 말하느냐에 따라 다르게 전달된다.

말씨와 표현은 생각이 입은 옷이다. 사람의 말씨가 단조롭고 조악하고 저급하면, 그 사람의 생각도 그렇게 보일 것이다. 아무리 균형 잡힌 몸이라 해도 더럽고 너덜너덜한 옷을 입으면 추해 보이는 것과 마찬가지다.

어떤 문제를 판단하는 것은 이해력과 지력이 아니다. 귀가 우선적으로 말씨와 표현력을 판단한다. 사람들 앞에서 연설을 하거나 글을 쓴다면, 나는 심각한 문제를 적절하지 않은 단어로 솜씨 없이 전달하기보다는 그리 심각하지 않은 문제를 품위 있고 고상한 말씨로 전달하는 쪽을 택할 것이다.

말을 할 때는 어색하게 멋을 부리거나 부자연스러운 표현을 사용하거나 대조법을 지나치게 사용하지 말아야 한다. 그런 잘못된 방법을 사용하지 않기 위해서는 자신의 분별력과 고전 작가들에게 의지하는 것이 좋다. 한편으로 그런 실수를 하는 사람들을 비웃어서도 안 된다. 그대는 비평가의 역할을 하고 분별없는 행동에 대해 응징을 하기에는 아직 너무 어리다. 그대 자신이 그릇되고 비뚤어진 행동을 하지 않는 것에 만족하고, 다른 사람들을 바꾸려는 생각은 하지 마라. 그리고 그들이 자신의 실수를 조용히 느낄 수 있게 놔두어라.

품위 있고 듣기 좋은 말씨로 꾸밀 수 없는 주제는 없다. 키케로의 철학 서적이나 플라톤의 저서보다 더 장식적으로 쓰인 글이 있을까? 키케로와 플라톤을 천 년이 더 지난 지금까지도 전해지게 한 것은 다름 아닌 그들의 웅변술이다. 지금에 와서 보면 그들의 철학은 초라하고 논리는 보잘것없다. 그러나 그들의 뛰어난 웅변술과 글은 지금까지도 빛을 잃지 않고 있다. 그러니 그들의 글을 읽고 공부해라. 그리고 스스로 품위 있게 말해보도록 해라. 그것이 청중 앞에서 말을 잘하기 위해 필요한 전 단계다. 어떤 주제를 택해서 뭐라고 말을 할지 잘 생각해본 후, 그대의 주장을 바르고 우아한 문체로 적어보아라.

사람이 지닌 상식과 주장은 조악한 말씨와 표현을 통해 전달되더라도 두세 사람 정도가 모인 사적인 대화에서라면 나름대로 무게를 지닐 수 있다. 그러나 많은 사람이 모인 공적인 자리에서는 그렇지 못하다. 레츠 추기경은 사람들이 모인 곳은 어디든 그 자리에 모인 사람들의 감정과 유머 감각, 관심사로부터 영향을 받는데, 그런 것들은 화술에 의해서만 드러낼 수 있다고 했다.

어떤 언어를 사용하든 말하거나 글을 쓸 때 어법과 말씨에 신경을 써야 한다. 말을 올바르고 품위 있게 하는 습관을 들이고, 편안한 대화를 나누거나 친근한 사람에게 편지를 쓸 때라도 자신의 말투와 글투를 고려해야 한다. 어떤 말을 하기에 앞서서, 아니면 말을 하고 난 뒤에라도, 더 좋게 말할 수는 없는지 생각해보아라. 자신이 즐겨 쓰는 단어나 어구가 교양과 품위가 느껴지는 것인지 의심이 간다면, 그 언어를 훌륭하게 구사하는 사람에게 조언을 구하도록 해라. 그리고 항상 다음과 같은 진리를 기억해야 한다. 이 세상 최고의 상식과 논리도 예의범절과 공손함, 그리고 훌륭한 표현 없이는 사람들에게 환영받지 못한다는 것을.

사업상의 편지도 품위 있고 고상하게 써야 더 좋다. 상황에 맞게, 거추장스럽지 않을 정도로 점잖게 꾸며서 써야 한다. 적당히 빛나야지, 너무 요란하면 오히려 감점 요인이 된다. 사업상의 편지는 기초를 탄탄하게 하기 전에 장식하려고 하면 안 된다.

말하는 방식과 태도에 주의를 기울이는 것이 중요하다면, 말을 하

말씨와 표현은
생각이 입은 옷이다.

는 주제에 대해서는 더욱 그래야 한다. 듣기 좋은 표현과 공손하고 올바른 말씨는 상식을 더욱 빛나게 해주는 것이자 상식에 수반되어야 하는 필수적인 것이다. 그런 것들은 사람들을 기분 좋게 만들어주는 데 있어서 큰 도움이 된다. 초라한 복장을 하고도 널리 인정받는 신사가 있을 수 있다. 그러나 누더기를 입고 있을 때보다는 품위 있고 멋스럽게 옷을 입었을 때 사람들에게서 더욱 환영받으리라는 데는 의심의 여지가 없을 것이다.

문법에 맞게 말하고 기분 좋게 자기 의사를 표현하기 위해서는 다른 언어의 문장을 국어로 옮겨보고, 국어로 옮긴 문장의 단어와 어순이 자신의 귀에 듣기 좋게 될 때까지 고쳐 말해보는 연습을 하는 것이 좋다.

저급하고 상스러운 언어를 사용하는 것은 수준이 낮고 교육을 별로 받지 못한 사람들이 보이는 특징 중 하나다. 그들이 쓰는 표현이 의미를 보다 정확히 전달할 수 있다 하더라도 상류사회의 사람들이 쓰는 방식으로 말하지 않는다면 그 표현은 천박하게 느껴질 수 있다. 언어와 예의범절은 상류사회 사람들이 사용하는 방식에 따라 확립되는 것이기 때문이다.

맞춤법에 맞게 말하고 글을 쓰는 것은 교양 있는 사람에게 절대적으로 필요한 덕목이다. 맞춤법은 하나만 잘못 써도 사람들로부터 비웃음을 살 수 있고, 때로는 그런 오명이 평생을 가기도 한다. 평소 책을 읽을 때 주의를 기울여 읽으면 맞춤법 때문에 망신을 당하는 일을 방지할 수 있다. 책은 그 시대의 맞춤법을 적용하여 쓰이기 때문이다.

혹시나 그대가 내용만이 전부이고 그것을 말이나 글로 옮기는 방식은 그다지 중요하지 않다고 생각하지는 않을지 걱정이다. 만일 그렇게 생각한다면 잘못된 생각이다. 모든 것이 그렇듯 방식은 내용만큼이나 중요하다는 사실을 명심해야 한다. 그대가 키케로만큼 편지를 잘 쓰더라도 글씨체가 엉망이고 맞춤법마저 틀린다면 그 편지를 받는 사람은 그대를 비웃을 것이다. 그리고 그대가 아도니스(여신 아프로디테가 사랑한 미소년)와 같은 용모를 갖고 있다 해도 태도와 행동이 어색하고 서툴다면 사람들은 그대를 보고 기분이 좋아지기는커녕 불쾌감을 느낄 것이다.

교양 없이 자란 사람과의 대화는 속담과 진부한 격언으로 가득 채워지곤 한다. 그는 상황을 가리지 않고 자기가 좋아하는 단어를 수시로 사용하고, 발음 역시 불분명해 함께 대화하는 사람으로 하여금 몇 번이고 확인하게 한다. 그리고 어려운 단어를 쓰고 싶어 하지만 그 의미를 잘못 알고 있는 경우가 많아 말하고자 하는 바를 제대로 전달하지 못한다.

속담이나 통속적인 격언을 사용하지 말고, 특히 좋아하는 단어라고 해서 아무 때나 분별없이 사용하지 말며, 잘 알지도 못하면서 어려운 단어를 쓰려고 하지 마라. 항상 품위 있고 고상한 단어를 사용하도록 노력해라. 공손하고 품위 있게 말하는 것만큼 사람들에게 호감을 주는 것도 없기 때문이다.

상류사회 사람임을 나타내는 특유의 어법이라는 것은 분명 존재하고, 교양인이라면 모두 숙달해야 하는 대화법도 있다. 금방 결혼한 사람에게 무표정한 얼굴로 "즐겁게 살길 바랍니다"라고 말하거나 아내를 잃은 사람에게 "아내를 잃으셨다니 유감입니다"라고 말하는 것은 예의 있는 행동일지 몰라도 결코 품위 있는 행동은 아니다. 상류사회 사람이라면 똑같은 말이라도 격조 있게, 진실한 마음을 담아 표현함으로써 상대방으로부터 존경심을 끌어낼 수 있어야 한다. 갓 결혼한 사람에게는 따뜻하고 밝은 표정으로 다가가 손을 꼭 잡아주면서 "이렇게 행복한 가정을 꾸리시다니, 제가 얼마나 기쁜지 모르겠습니다. 이 기쁨을 말로 표현하기 어려울 정도입니다"라고 말해줄 수 있을 것이다. 그리고 아내를 잃은 사람에게는 천천히 다가가서 차분한 목소리로 이렇게 위로할 수 있을 것이다.

"그렇게 슬픈 일을 당하셔서 얼마나 마음이 아프십니까. 당신의 슬픔과 괴로움을 저도 함께 나누고 싶습니다."

모든 일에 주의를 기울여야 한다. 주의를 기울이지 않으면 실천할 수 없다. 주의를 기울이지 않는다는 것은 생각이 없다는 것이다. 모든 것에 주의를 기울여야 함은 물론이고, 거기에는 민첩함이 동반되어야 한다. 방 안에 모여 있는 사람들의 행동과 표정과 그들이 하는 말을 한눈에 파악해야 한다. 그렇다고 해서 사람들을 뚫어지게 쳐다보라는 얘기가 아니다. 영민하게, 눈에 띄지 않게 사람들을 관찰할 수 있어야 한다. 이것은 살아가면서 큰 도움이 되는 기술이다. 주의를 기울이고 신경을 쓰면 누구나 습득할 수 있다. 반면에 주변에서 무슨 일이 일어나고 있는지 주의를 기울이기는커녕 아무 생각 없이 멍하니

있는 것은, 바보나 미친 사람으로 여겨지기 딱 좋다. 바보는 생각을
할 줄 모르고, 미친 사람은 생각을 상실한 것이다. 그리고 잠시일지라
도 멍하니 있는 사람은 생각이 없는 것이니 이 셋은 별 차이가 없다고
볼 수 있다.

나태는 일종의 '자살'이다.
이것은 사실상
사람을 파괴하기 때문이다.

게으름

그 칼은 수많은 사람을 쓰러뜨려왔다. 그러나 나태함은
더 많은 사람을 쓰러뜨릴 것이다. 저 숱한 굶주린 아내들과 아이들을.

내가 그대에게 그렇게 많은 것에 주의를 기울이라고 끊임없이 강조하는 이유가 뭘까? 그것은 살면서 부단히 노력을 해야 얻을 수 있는 것이기 때문이다.

나는 그대가 그렇게 게으른 사람일 거라고는 생각하지 않는다. 그러나 사람이라면 어느 정도는 타고나는 것이며 젊은이들의 발전을 가로막는 것 중의 하나인 나태를 쫓아버릴 수 있도록 그대가 이 문제에 대해서도 관심을 갖기를 바란다.

내가 경험을 통해 아무것도 하지 않으면서 하루를 보내는 사람들이 있다는 사실을 알지 못했다면, 이 세상에 우리에게 주어진 많지 않은 시간 중에 1분이라도 빈둥거리며 헛되이 보내는 사람이 있을 거라고는 생각지도 못했을 것이다.

나태에는 두 종류가 있다. 하나는 생각 없는 사람을 만드는 것이고, 다른 하나는 우스운 사람을 만드는 것이다. 즉, 게으른 마음과 경박한 마음이 그것이다. 그대는 그 어느 쪽도 아니기를 바란다. 게으른 마음은 어떤 일에든 탐구하는 수고를 하지 않으려 한다. 초반에 어려움을 겪으면(알 가치가 있고 가질 가치가 있는 것들은 모두 알거나 갖게 되기까지 어려움이 있게 마련이다) 곧바로 낙심하고 그만두어 버린다. 그래서 피상적인 지식밖에 갖지 못한다. 어떤 것을 제대로 알기 위해 어려움을 겪기보다는 그냥 모르고 사는 쪽을 택한다. 이런 사람들은 대부분의 일을 불가능한 것으로 생각한다. 그러나 열심히 노력하고 적극적으로 움직이는 사람에게 불가능한 일이란 거의 없다. 게으른 사람들에게는 어려움이 불가능으로 여겨진다. 혹은 자신의 게으름에 대한 변명으로 그냥 그렇게 생각해버린다. 같은 일에 대해 한 시간 동안 주의를 집중하는 것도 그들에게는 너무나 힘든 일이다. 그들은 모든 것을 처음 본 대로만 받아들이고, 다른 시점에서 다시 생각하지 않는다. 즉, 사물이나 상황에 대해 충분히 생각하지 않는다. 그 결과, 그런 주제들에 대해 주의 깊게 생각해온 사람들 앞에서 그것에 관한 이야기를 하게 되면 자신의 무지와 나태를 깨닫고는 당황하게 된다.

그러므로 성인이라면 응당 지녀야 하는 지식을 쌓고자 할 때 초반에 어려움이 있더라도 금방 단념하지 말고 결연한 태도로 깊이 탐구하도록 해라. 그러나 특정 직업에 필요한 기술이나 과학은 그 직업에 종사하려는 사람이 아니라면 깊이 알 필요는 없다. 예를 들어 축성술이나 항해학 같은 것에 대해서는 평범한 대화를 할 수 있을 정도로 일반적인 지식만 갖고 있어도 충분하다.

정신의 게으름, 혹은 (주변 사물에 대한) 부주의함과 무심함은 지식에 있어서 무능력만큼이나 큰 적이다. 사실 배우려고 하지 않는 사람과 가르쳐줘도 모르는 사람 사이에 무슨 차이가 있겠는가? 알지 못한다는 점에서 두 사람은 똑같다. 차이가 있다면 전자는 비난을 받아 마땅하고 후자는 동정의 여지가 있다는 것뿐이다. 그렇다면 배우고 익힐 능력은 충분한데, 게으르고 무심하고 호기심이 없어서 지식을 얻으려 노력하기는커녕 간단한 질문조차 하지 않는 사람은 어떻게 될까?

게으른 태도를 고치지 않고 내버려 둔다면 평생 발전하지 못하고 정체된 상태로 살게 될 것이다. 책에 기록으로 남을 만한 일을 하지도, 사람들이 읽을 만한 가치가 있는 글을 쓰지도 못할 것이다. 분별 있는 사람이라면 이 두 가지 중 하나는 삶의 목표로 삼을 텐데 말이다.

나는 나태를 일종의 '자살'이라고 생각한다. 이것은 사실상 사람을 파괴하기 때문이다. 그러므로 나태해지지 않도록 늘 경계하고, 부지런하고 근면하게 살도록 애써야 한다. 일을 질질 끌지 말고, 오늘 할 수 있는 일을 내일로 미루지 말며, 동시에 두 가지 일을 하지 말고, 목표를 달성하기 위해 꾸준히 끈기 있게 노력해야 한다. 그리고 어려움을 만나더라도 낙담하지 말고 더욱 열심히 정진해야 한다. 끈기 있는 태도는 놀라운 효과를 발휘하게 마련이다.

사물에 대한 그대의 생각과 견해를 주의 깊게 관찰하고 검토해봐라. 그리고 습관이나 편견이 생각을 지배하고 있지는 않은지 확인해야 한다. 그대 스스로 그대의 의견을 형성한 근거가 된 문제를 한쪽으로 치우침 없이 공평하게 평가해보아라. 충분히 논리적으로 사고할 수 있는 수많은 사람이 나태로 인하여 갖은 실수를 하며 살다가 죽는다. 그들은 자신만의 견해를 갖는 수고를 하는 대신 그냥 다른 사람들의 편견을 받아들이는 쪽을 택한다. 그들은 처음에는 다른 사람들의 말을 따라하고, 그다음에는 자기가 한번 그렇게 말했기 때문에 계속해서 그 의견을 고집한다.

게으르고 나태하고 우유부단한 것은 젊은이들에게 해로울 뿐 아니라 어울리지 않는다. 어떤 상황에서든, 설령 그러고 싶지 않다 해도, 신분이나 학식에 있어서 가장 뛰어나고 품위 있는 사람들과 어울리도록 해라. 그러면 그 후에 어디를 가든 그대는 최고의 사람들과 어울릴 수 있을 것이다. 그리고 꾀를 부리거나 게으름을 피우지 말고 삶의 매순간을 즐겁고 쓸모 있는 일을 위해 사용하도록 해라.

무지하고 나약한 사람들만이 게으르다. 이미 상당한 지식을 쌓은 사람들은 계속해서 지식을 늘리고 싶어 한다. 이런 면에서 지식은 힘과도 같다. 지식은 많이 지닌 사람이 더 많이 갖고자 열망하는 것이다. 그리고 이것은 어느 정도 소유한다고 해서 더 이상 갖고 싶지 않아지는 것이 아니라 소유할수록 더 많이 욕심내게 되는 것이다.

수많은 사람이 두 가지 일을 놓고 어떤 것을 먼저 할까 생각하느라 시간을 많이 보내는데, 사실 그 시간이면 그 두 가지 일을 다 하고도 남을 것이다. 이런 경우는 정신을 움직이고 무기력한 상태에서 깨어나게 할 수 있는 것이 없다는 게 문제다. 일이 바빠서 시간이 부족하다면, 둑에 막혀 있는 물처럼 사업에서 곤란한 상황에 처하게 된다면, 뭔가 결연한 방향을 찾아야 한다. 그러지 않으면 물은 범람하고 말 것이다.

나태가 잠식해오는 것을 경계하려면 결의를 굳게 다져야 한다. 폭력적인 성향이나 끓어오르는 분노는 오히려 억제하기 쉽다. 그러나 나태는 천천히 흐르는 냇물과 같아서 인지하지 못하는 사이에 모든 미덕의 토대를 해치고 만다.

나태는 우리 마음에 생기는 녹이며, 그 어떤 악덕보다 두려워해야 할 태도다. 나태는 우리 삶의 모든 부분에 부정적인 영향을 미치기 때문이다.

관찰력

우리는 스스로 관찰한 내용에 대해서는 더욱 편파적인 입장이 된다.

다른 사람으로부터 호감을 얻는 기술은 좋은 사람들과 사귀면서만 배울 수 있는 것이다. 따라서 그런 사람들을 만나면 잘 관찰해서 그 기술을 익힐 수 있도록 노력해야 한다. 타인으로부터 존경을 받으려면 분별력과 학식만으로는 부족하다. 그것들이 다른 사람의 마음을 사기 위해 우선적으로 필요한 것임은 사실이나, 예의범절과 주의력이 수반되지 않는다면 그런 기술은 획득할 수 없다.

평생 훌륭한 사람들과 자주 어울렸으면서도 어색하고 경직된 태도를 버리지 못하고 상스러운 모습을 유지하는 사람이 적지 않다. 다른 사람들의 예의범절과 행동을 주의 깊게 관찰하는 노력이 부족했기 때문이다.

하루 종일 무척 바쁘게 뛰어다니지만 실제로는 아무 일도 하지 않는 사람들도 있다. 그들은 두세 시간 동안 책을 들여다보아도 집중하지 않기 때문에 책 내용을 전혀 알지 못한다. 이는 책을 읽지 않은 것이나 마찬가지다. 책을 읽더라도 거기에 대해 깊이 빠져들어 숙고하지 않는 한 그 내용을 머릿속에 담을 수 없다. 마찬가지로 두어 시간 사람들과 모여 앉아 시간을 보내더라도 아무것에도 관심을 기울이지 않는 사람이 있다. 그런 사람은 뭔가 생각을 하더라도 사소한 문제, 주의를 기울일 필요가 없는 문제를 생각한다. 그리고 극장에 가더라도 정작 연극에 주의를 기울이는 것이 아니라 다른 관객이나 조명 같은 것만 쳐다보고 있다. 이런 식으로 그는 시간을 낭비하곤 하는데, 그 시간이 자신의 장점을 향상시키는 데 사용할 수도 있었을 시간이라고 생각하면 아깝기 그지없다. 다시 한 번 강조하지만, 어디에 가든 주변 모든 것에 주의를 기울이도록 해라. 함께 있는 사람들이 어떤 사람들인지 관찰하고, 그들이 나누는 대화 내용에 귀를 기울이며, 그들이 하는 모든 행동을 눈여겨보아라.

자기 앞에 있는 것에 주의를 기울이지 못하는 사람은 일에도, 놀이에도 소질이 없다. 파티에서 머릿속으로 유클리드기하학 문제를 풀고 있다면, 그는 그 자리를 즐기지도 못할뿐더러 다른 사람들에게 좋지 않은 인상을 줄 것이다. 또 공부를 한다고 서재에 앉아 있으면서 머릿속으로는 미뉴에트를 생각하는 사람이라면, 결코 훌륭한 학자가 될 수 없을 것이다.

한 번에 한 가지 일을 한다면 하루 안에 모든 일을 충분히 해낼 수 있다. 그러나 동시에 두 가지 일을 하려고 들면 1년도 부족할 것이다.

1672년에 프랑스군이 침입했을 때 헤이그에서 살해당한 네덜란드의 정치가 데비트는 네덜란드 연방 의장으로서 나랏일을 도맡아 하

현명한 사람은
귀보다는 눈으로 더 많은 것을
알아낼 수 있다.

면서도 저녁이면 온갖 모임에 참석해서 사람들과 함께 저녁 식사 시간을 가졌다. 어떻게 그 많은 일을 하면서 저녁 시간을 쪼갤 수 있느냐는 질문에 그는 이렇게 대답했다.

"그렇게 쉬운 일도 없지요. 한 번에 한 가지씩 하면 됩니다. 그리고 오늘 할 수 있는 일을 절대 내일로 미루지 않으면 되지요."

이렇게 한 가지 일에 집중하는 것은 천재들의 특징이다. 서두르고 법석을 떨고 흥분을 하는 것이 나약하고 경박한 사람들의 특징이라면 말이다.

로마의 격언 중에 "네가 지금 하고 있는 그 일만 하라"라는 것이 있다. 소인배는 한 번에 스무 가지 일을 하느라 허둥대지만, 분별 있는 사람은 한 번에 한 가지 일을 하고 그것을 아주 훌륭하게 해낸다. 어떤 것이든 할 가치가 있는 일이라면 잘할 가치 역시 있는 법이다. 그러므로 이 순간 하고 있는 일에만 온전히 관심과 노력을 쏟아라.

어떤 주제에 대해서든 자연스럽게 이야기하고 들을 수 있어야 한다. 내가 아는 사람들 중에는 한마디도 하지 않고 바보같이 듣고만 있는 사람들이 있다. 관심 없는 듯한 멍한 표정에서 그런 모습이 드러난다.

주의력이 없다면 기억을 할 수 없다. 그리고 기억을 하지 못한다면 시간과 노력을 낭비하는 일일 뿐이다. 주의를 기울일 때는 말 자체에만 주의를 기울일 것이 아니라 그 말이 가진 의미에도 주의를 기울여야 한다. 책을 읽거나 무언가를 암기할 때도 저자가 하는 말뿐 아니라 저자의 생각까지 관찰해야 한다.

주변의 것들에 관심을 기울이지 않는 것은 나약한 사람들의 특징이다. 그런 태도를 지닌 사람은 사회에서 환영받을 수 없고, 분별 있는 사람이라면 그를 무시할 것이다. 자기가 한 말이나 한 일에 대해 신경을 쓰지 않는다고 말하는 사람이 있다면 나는 그 얼간이를 때려눕히고 말겠다. 도대체 왜 자기가 한 말과 행동에 신경을 쓰지 않는단 말인가? 무슨 다른 일이 있기에 그 일에 신경을 쓰지 않는 걸까?

사람들이 하는 말뿐 아니라, 그들이 그 말을 어떻게 하는지도 관찰해야 한다. 현명한 사람이라면 귀보다는 눈으로 더 많은 것을 알아낼 것이다. 말은 하고 싶은 대로 할 수 있지만 표정은 자기가 원하는 대로 짓기가 어렵기 때문에 말로는 숨기고 있는 것이 표정에서 드러날 때가 있다. 그러니 사람들이 말을 할 때는 표정을 잘 관찰해라. 때로는 사람들이 하는 말이 전혀 들리지 않아도 표정으로 그 내용을 추측할 수 있다.

이 세상의 모든 지식은 주의를 기울이지 않으면 내 것으로 만들 수 없다. 오랫동안 세상을 살아왔지만 주의력이 부족한 나머지 지식수준이 어린아이와 비슷한 사람들도 많다. 형식이나 기술이 어느 정도는 진실을 숨길 수 있다. 주의력과 현명함을 가지고 그 베일을 꿰뚫어 보고 본질을 파악할 수 있어야 한다. 사람들을 관찰하고, 깊이 생각하고, 특성들을 비교하면서 세상의 그런 기술에 대비해야 한다.

배울 것이 많은 사람을 만날 때는 그들의 행동과 태도, 예의범절을 잘 관찰해라. 그리고 그들을 모방하도록 해라. 단, 사람을 뚫어지게 쳐다보거나 관찰하는 듯한 인상을 주어서는 안 되고, 기민하게 그 자리에 있는 모든 사람의 행동과 표정, 말투를 한눈에 관찰해야 한다. 주의를 기울여 연습하면 그런 관찰력을 지닐 수 있을 것이다. 그리고 그것은 평생 살아가면서 아주 큰 도움이 될 것이다.

방심

멍하니 있는 사람은 사람들 사이에 있더라도 반쯤은 잠든 채
정신의 절반만 함께 있는 것이다.

방심한 상태에 대해서는 앞에서도 언급했지만, 좀 더 상세하게 이야기해야 할 것 같다.

흔히 얼빠진 사람이라고 하면 젠체하는 사람이나 아주 모자란 사람을 말한다. 그러나 공상에 잠겨 있는 것이든 모자란 것이든 사람들은 그런 부류를 좋아하지 않는다. 그는 다른 생각에 너무 빠져 있거나, 아니면 아무 생각이 없어서 함께 있는 사람들이나 벌어지는 상황에 대해서 알지 못한다. 때로는 친한 친구에게도 데면데면하고, 예의범절도 차리지 못하며, 사람들이 하는 행동에 주의를 기울이지 못하고, 자기 행동에도 무감각하다. 사람들이 묻는 질문에도 엉뚱하게 대답하기 일쑤다. 자기가 했던 얘기를 잊어버리고, 한쪽 방에 지갑을 두고는 깜빡 잊고 나오고, 다른 방에는 가방을 두고 잊어버린다. 팔도 다리도 그의 몸의 일부가 아닌 듯하고 머리도 똑바로 서 있지 못한다. 사람들과의 대화에서도 방금 자다 깬 것처럼 때때로 생각난 듯이 끼어들어

방심을 하면 무엇을 하든
도중에 길을 잃고 만다.

말한다. 이런 모습을 보이는 것은 그가 우둔해서이거나 딴생각을 하기 때문이다. 그의 얕은 정신은 한 번에 한 가지 이상의 일에 주의를 기울이지 못한다. 아이작 뉴턴이나 존 로크 같은 사람들도 생각에 너무 집중한 나머지 가끔 정신이 나간 것 같은 때가 있는데, 그들이 연구하던 과학적·철학적 주제들에 있어서는 그런 집중과 몰두가 필요하다. 그러나 그런 합당한 구실이 없는 젊은이가 방심하고 있는 것은 함께 있는 사람들에 대한 무례이며 비난을 받아 마땅한 행위다.

정신 나간 상태로 있는 것을 견제하기 위해 라브뤼예르가 묘사한 '얼빠진 남자'의 초상을 소개하도록 하겠다.

메날카스는 아침에 자리에서 일어나서는 현관으로 내려와 밖으로 나가려고 문을 열었다가 다시 닫는다. 잘 때 쓰는 모자를 아직 머리에 쓰고 있다는 것을 깨달았기 때문이다. 그는 거울로 자신의 모습을 조금 더 들여다보다가 면도를 얼굴의 절반밖에 하지 않았다는 것을 알아차리고, 양말은 발뒤꿈치까지 내려와 있으며 셔츠가 바지에서 삐져나와 엉덩이를 덮고 있다는 것을 알게 된다.

옷을 다 갖춰 입은 다음 궁궐로 가는데, 응접실로 들어가려고 촛대 아래를 지나던 중 가발이 촛대에 걸리고 만다. 그 자리에 있던 사람들은 그 모습을 보고 모두 박장대소한다. 사람들이 웃자 메날카스는 누구보다도 더 큰 소리로 웃으면서 사람들이 누구 때문에 웃는 건지 주변을 두리번거리며 찾는다.

그는 궁궐에서 나와 궐문 앞에 서 있는 마차를 발견한다. 그는 그 마차에 올라타고, 마부는 자기 주인이 탄 줄 알고 마차를 출발시킨다. 얼마를 달려 마차가 서자 그는 마차에서 뛰어내려 뜰을 가로질러 계단을 올라간다. 그리고 마치 자기 집에 온 양 소파에 편하게 기대앉는다. 얼마 후 집주인이 돌아오자 메날카스는 일어나서 주인을 맞으면서 자리에 앉기를 권한다. 그리고 주인에게 계속 말을 걸고 농담을 던진다. 주인은 너무 피곤해서 이 뻔뻔한 손님이 어서 지루한 방문을 끝내고 돌아가 주기를 바란다. 그러나 해가 저물고 밤이 되어도 메날카스는 그곳이 자기 집이 아니라는 사실을 깨닫지 못한다.

게임을 할 때는 포도주와 물을 가져다달라고 해서 한 손에 주사위가 든 상자를 들고 한 손에 포도주 잔을 든다. 그러고 있다가 자기 차례가 되자 마음이 너무 급한 나머지 주사위를 마셔버리고 포도주를 판 위에 쏟는다.

편지를 쓸 때는 두 통을 쓰면서 받을 사람 주소를 잘못 적는 바람에 귀족에게는 농부에게 보낼 편지를 보내고, 농부에게는 귀족에게 보낼 편지를 보낸다.

때로 아침이면 온 가족을 서두르게 만들고는 마차도 기다리지 않고 나가버린다. 그리고 그날 하루 종일 이곳저곳을 돌아다니지만 정작 중요한 업무가 기다리고 있는 약속 장소에는 나타나지 않는다.

그는 아무 소리도 제대로 듣지 못하기 때문에 멍청이로 여겨지고, 혼잣말을 하고 다니기 때문에 바보로 간주된다. 그리고 누가 인사를 하더라도 알아보지 못하기 때문에 거만한 사람으로 비친다. 그는 눈을 뜨고 있지만 눈을 사용하지 않으며, 아무도 아무것도 보지 못한다.

한번은 그가 집에서 나올 때 하인들이 그의 지갑을 강탈하는 데 성공한다. 하인들이 그의 목에 횃불을 들이대고 지갑을 내놓으라고 하자 순순히 내놓은 것이다. 그는 집에 돌아와서 친구들에게 강도를 만났다고 말한다. 친구들이 자세한 얘기를 해달라고 하자 그는 이렇게 말한다.

"내 하인들한테 물어봐. 같이 있었으니까."

함께 있는 사람들이 아무리 중요한 사람들이 아니라 해도, 그들이 나누는 대화가 아무리 시답잖은 것이라 해도 사람들과 함께 있는 한 주의를 기울이지 않거나 그들을 하찮게 생각한다는 느낌을 주어서는 안 된다. 상대방을 무시하는 듯한 인상을 조금이라도 주는 것은 우리가 저지를 수 있는 가장 무례한 행동이며 용서받을 수 없는 행동이다.

함께 있는 사람에게 가장 큰 불쾌감을 주는 것은 그 사람에게 주의를 기울이지 않는 것이다. 사람들은 그런 모멸감을 절대로 용서하지 않는다. 두려워하는 사람이나 사랑하는 여성에게 주의를 기울이지 않는 사람은 없을 것이다. 나라면 그런 얼빠진 사람과 함께 있느니 죽은 자와 함께 있는 쪽을 택하겠다. 죽은 자는 나를 기쁘게 해주지는 못하지만 그렇다고 나를 멸시하지도 않을 테니까. 하지만 얼빠진 사람은 조용히, 그러나 명백하게 나를 신경 쓸 가치가 없는 사람이라고 생각한다고 온몸으로 말하는 것이다. 더구나 넋 놓고 있는 사람이 상대방의 성격이나 관습, 예의범절을 관찰할 수 있을까? 그럴 수 없다. 그런 사람은 평생 훌륭한 사람들과 함께 있어도 조금도 현명해지지 못할 것이다. 그렇기 때문에 나는 얼빠진 채 멍하니 있는 사람과는 얘기를 나누지 않을 것이다. 내 말을 듣지도 않고 내 말에 신경을 쓰거나 내 말을 이해하지도 못하는 사람에게 말을 한다는 것은 어리석은 일이고 시간을 낭비하는 일이다. 지금 이 순간 자기 앞에 있는 대상에게 주의를 기울이지도 못하고 그러려고 노력조차 하지 않는 사람은 사업이든 대화든 그 어떤 것도 제대로 해낼 수 없다.

방심하는 사람은 관찰도 제대로 하지 못하고, 그 어느 것도 꾸준히 추구하지 못한다. 마음을 풀어놓고 얼빠진 상태로 있기 때문에 무엇을 하든 도중에 길을 잃고 마는 것이다. 나이가 지긋한 사람이 그렇다면 그저 불쾌한 노인으로 간주하고 넘어가겠지만, 젊은이가 그러하다면 절대로 용서받을 수 없다. 지금 당장 그대 자신을 돌이켜보아라. 그대가 만일 조금이라도 그런 면을 가지고 있다면 그런 모습이 남아 있지 않도록 해야 한다. 그런 것을 내버려 두면 습관이 될 것이고, 습관이 되면 없애기가 정말 힘들어질 것이다. 그것은 정말 불쾌한 습관이다.

사람들을 불쾌하게 만들기보다는 기분 좋게 만들고 싶고, 타인에게서 험담을 듣기보다는 칭찬을 듣고 싶다면, 그리고 미움을 받기보다는 사랑을 받고 싶다면, 주변의 일과 사람들에 대해 늘 주의를 기울이도록 해라. 그러면 모든 사람의 허영심을 만족시켜줄 수 있을 것이다. 그리고 주의를 기울이지 않는다면 상대방은 자존심에 상처를 입고 분노를 느끼거나 적어도 그대에게 적의를 품게 될 것이다.

우정

이름뿐인 우정이란 무엇인가. 달래어 잠들게 만드는 매력,
부와 명예를 좇는 그림자, 가련한 사람을 울게 만드는.

키케로는 우정이 기쁨을 배가해주고 슬픔을 반으로 줄여줌으로써 행복을 증진시키고 불행을 감소시킨다고 말했다. 옳은 얘기다. 그러나 어려운 문제가 남아 있으니, 진정한 우정이란 과연 무엇인가, 그리고 어떤 원칙 위에서 우정이 형성되어야 하는가를 규명하는 일이다. 우정은 보통 아름답게 묘사되어왔지만 안타깝게도 그 묘사는 대개 아첨과 아부로 얼룩져 있다. 일반적으로 우정이라고 불리는 것이 지닌 어두운 측면은 진실하게 그려지지 못했다.

젊은 시절은 애정의 시기다. 이때에 사람들의 마음은 아름다운 인상에 민감해져, 애정의 대상이나 애정 관계가 형성되어야 하는 상황에 대해서는 관심을 충분히 쏟지 않는다. 그 때문에 젊은이들에게는 우정에 대한 충고와 조언이 더욱 필요하다. 그리고 그 시절을 경험한 사람만큼 조언을 잘해줄 수 있는 사람은 없을 것이다.

내가 말하는 우정은 시인들이 읊는 세련되고 때로는 거의 초자연

적이기까지 한 애착 관계가 아니다. 나는 사람들이 수없이 언급하는 평범한 우정에 대해 말하고 싶다. 자기 친구를 좋게 이야기하고, 우정을 나누는 두 사람이 서로 상처를 주기보다는 친절하게 행동하도록 만드는 그런 우정 말이다.

젊을 때는 자기 자신에 대해 무방비 상태라 할 정도로 솔직한 경우가 많다. 그래서 경험이 많고 교활한 사람들의 희생물이 되기 쉽다. 젊은이들은 친구라고 말하면서 접근하는 사람들을 의심 없이 받아들이는 경향이 있는데, 그렇게 우정을 가장하여 다가오는 사람을 경솔하게 믿고 모든 것을 내주다가 정신적·물질적 손해를 보고 파멸하는 경우도 적지 않다. 그러므로 세상에 첫발을 내딛는 젊은이라면 그런 거짓된 우정을 조심해야 한다. 사람들의 호의를 교양 있게 받되, 의심의 끈을 놓지 말아야 한다. 그리고 신뢰가 아닌 교양과 예의로 그 호의에 보답해야 한다. 허영심과 자만에 빠져서 어떤 사람을 처음 보자마자, 혹은 알고 지낸 지 얼마 되지도 않았는데 그대의 친구가 될 수 있을 거라고 생각하지 마라. 진정한 우정은 시간을 두고 천천히 생겨나고 자라는 법이다. 그리고 서로의 장점을 기반으로 쌓은 것이라야 우정은 활짝 꽃필 수 있다.

우정의 또 다른 종류로 이른바 이름뿐인 우정도 있다. 그런 우정은 젊은이들 사이에 흔히 존재하는데, 일정 기간 동안은 대단히 친밀해 보이지만, 그리 오래가지는 못한다. 이런 우정은 방탕한 생활을 함께 좇는 과정에서 순식간에 생겨나는 것으로, 함께 술을 마시고 여색을 밝히면서 점점 공고해진다. 이것은 우정이라기보다는 도덕과 예의범

서로의 장점을 기반으로
쌓은 것이라야
우정은 활짝 꽃필 수 있다.

절에 대한 음모라 불려야 할 것이며, 벌을 받아 마땅하다. 그러나 그들은 뻔뻔스럽게도 그런 일시적 동맹을 감히 우정이라고 부른다. 그들은 친구가 나쁜 목적을 위해 쓸 걸 알면서도 돈을 빌려준다. 그리고 함께 싸움을 하면서 공모자를 옹호한다. 그러나 어느 순간 갑작스런 일로 인해 그 관계가 깨어지면, 더 이상 서로를 생각하지 않고 상대를 배신하거나 자신들의 얕은 신뢰 관계에 조소를 던진다.

여기서 주의할 점이 있는데, 동료와 친구를 구별해야 한다는 사실이다. 상냥하고 예의 바른 동료가 때로는 부적절하고 위험한 친구가 될 수 있다.

사람들은 보통 친구들을 보고 그 사람을 판단한다. 스페인에 이런 속담이 있다.

"당신이 누구와 어울리는지 말해주면 당신이 어떤 사람인지 내가 말해주겠다."

악당이나 바보를 친구로 선택한 사람에 대해서는, 그 사람이 나쁜 일을 도모하고 있거나 숨길 일이 있는 거라고 생각하기 쉽다. 그렇다고 그대가 악당과 바보들의 우정—그것을 우정이라고 부를 수 있을지 모르겠지만—을 거절하기 위해 그들을 적으로 만들 필요는 없다. 나는 악당이나 얼간이와는 동맹을 맺을 생각도 전쟁을 할 생각도 없다. 나는 그자들과는 안전한 중립 관계를 유지할 것이다. 그들에게 개인적인 원한을 사지 않으면서도 그들이 하는 나쁜 행동이나 어리석은 행동에는 분명하게 반대할 수 있다. 그런 자들의 적의는 그들의 우정 다음으로 위험한 것이다.

사람들 앞에서는 자신을 모두 드러내지 말고 적당히 감춰야 한다. 하지만 일부러 감춘다는 티를 내서는 안 된다. 고의적으로 자신을 숨기는 것은 상대방의 입장에서는 무척 불쾌한 행동이며, 그렇다고 해서 자신을 숨기지 않고 드러내는 것은 위험한 일이기 때문이다. 그 둘 사이를 잘 조절하여 실천할 수 있는 사람은 매우 드물다. 많은 사람이 우스워 보일 정도로 사소한 일에도 자기 자신을 감추고, 또 그만큼 많은 사람이 자기가 알고 있는 것을 모두 떠들어댄다.

그러므로 사람들과 우정을 맺을 때는 신중해야 한다. 그리고 많은 사람과 알고 지낼 수 있도록 노력해야 한다. 새로운 사람을 만날 때는 편안한 태도로 다가가야 한다. 그것이 예의 바른 태도이면서 사람들의 일반적인 성격을 알 수 있는 유일한 방법이다.

동년배와 어울려도 좋다. 그들과 함께 젊음을 즐겨도 된다. 그러나 심각하고 진지한 문제는 자기의 마음에만 담아두어야 한다. 그대의 문제를 다른 사람에게 털어놓고 싶다면, 믿을 만하고 경험이 많은 친구에게 말하도록 해라. 그리고 그 친구가 그대의 경쟁자가 되지 않도록 조심하고, 그대와는 다른 길로 가게 해야 한다. 왜냐하면 경쟁자도 친구가 될 수 있다고 믿을 만큼 인간이라는 존재가 고결하다고 말할 수는 없기 때문이다.

우정을 맺을 때는 침착한 성품을 지닌 사람을 고르도록 해라. 어떤 때에는 아주 기분이 좋다가, 어떤 때에는 무척 불쾌하고 혐오스럽게 행동하는 사람들이 있다. 그런 성격을 가진 사람과 우정으로 얽히는 것은 참으로 불행한 일이다.

한마디로 말해서 덕과 지식, 분별력, 성실성, 명예를 지니고 싶다
면, 그런 자질을 지닌 사람들을 찾아서 우정을 나누도록 해라.

지식

이 세상에 대한 지식은 상식이고, 돈보다 더 가치 있는 것이며,
인생길에서 우리를 인도하며 가야 할 때와 멈춰야 할 때를 알려주는 좋은 친구다.

직접 경험하고 관찰함으로써 얻는 세상에 대한 지식은 반드시 필요한 것이다. 그것을 습득하지 못하면 우리는 이치에 맞지 않는 행동을 하여 뜻하지 않게 사람들을 불쾌하게 만들 수 있다. 아무리 학식이 풍부하고 재능이 많더라도 그런 실수를 하지 말라는 법은 없다. 이 세상과 삶을 잘 알지 못하면, 좋은 말을 하더라도 적당하지 않은 때에 하거나 부적절한 표현을 씀으로써, 차라리 아무 말도 안 한 것만 못하게 된다. 그런 사람은 자기 자신과 자기의 일 외에는 관심이 없어, 함께 대화를 나누고 있는 사람을 전혀 배려하지 않는다. 하지 말아야 할 말을 무심히 내뱉어 사람들을 당황하게 하고, 그가 다음에는 무슨 말을 할까 하는 생각에 두려움에 떨게 한다. 이 문제에 있어서 내가 그대에게 해줄 수 있는 최선의 조언은, 대화의 주제를 그대가 선택하지 말고, 다른 사람들이 나누고 있는 대화에 합류하라는 것이다. 사람들의 관심을 끌기보다는 그들로 하여금 스스로 자부심을 느끼게 만들어야

한다.

사람은 너무나도 다양한 요소로 이루어진 존재이기 때문에 한 인간을 철저하게 알려면 시간과 주의력이 필요하다. 우리 모두가 같은 재료로 만들어져 있고 똑같이 감정이라는 것을 지니고 있다 해도, 그 비율과 조합이 모두 다르고 기질과 성향이 또한 달라 어떤 사람에게는 기분 좋은 일이 다른 사람에게는 불쾌할 수 있다. 감정을 조절할 수 있도록 우리에게 이성이 주어졌지만, 실제로 이성으로 감정을 조절할 수 있는 경우는 거의 없다. 그러므로 사람의 이성에 호소할 때에는 동시에 그 사람의 마음을 얻으려는 노력을 기울여야 한다.

분명하고 선명한 성격을 이해하기 위해서는 이 세상에 대한 지식이나 경험 같은 건 많이 필요하지 않다. 그런 성격의 소유자는 드물지만, 있다면 한눈에 알아볼 수 있다. 그러나 알아차리기 어려운 아주 사소한 특성과 선과 악, 분별과 어리석음, 강인함과 나약함의 미묘한 정도를 구별하려면(사람들의 성격은 흔히 그런 것들이 섞여서 이루어진다) 이 세상과 사람들에 대한 어느 정도의 경험과 뛰어난 관찰력, 그리고 미세한 부분을 알아보는 주의력이 있어야 한다. 어떤 상황에 맞닥뜨렸을 때 대부분의 사람들은 비슷한 행동을 한다. 그러나 사람들 간의 미묘한 차이가 성패를 결정짓는다. 이 세상에 대해 공부를 한 사람은 언제, 어디서, 어떤 행동을 해야 하는지를 안다. 자기가 상대하는 사람들의 성격을 분석하고, 그에 맞는 말투와 단어를 선택해 이야기를 나눈다. 그러나 단지 감각만 있을 뿐 이 세상과 다른 사람들을 파악하지 못하고 독단적으로 판단하여 통념에 어긋나게 처신하는 사람은 때와 장소를 구분하지 못하고 설치는 바람에 좌충우돌하곤 한다.

상식 있는 사람은 사회생활을 하면서 지켜야 할 기본적인 예절과 교양 있는 행동을 알고 있다. 그는 상대방을 불쾌하게 만들기보다 가능한 한 기쁘게 해주려 한다. 그리고 그런 사람이 진정 훌륭한 장점까지 지녔다면 그는 존경할 만한 사람들의 사회 속에 받아들여질 것이다. 그러나 그것으로는 충분하지 않다. 사람들에게 받아들여지기는 했지만 사람들이 그를 특별히 원하지는 않는다. 그들이 그를 불쾌해하지는 않지만 좋아하지도 않는다. 위대한 사람들 사이에 섞인 시시한 사람처럼, 누구도 그를 두려워하지도 않고 그의 기분을 맞춰주지도 않는다. 오히려 사람들은 누군가를 공격하고 싶을 때 바로 그를 선택할 것이다. 이는 정말 피해야 하는 상황이다.

그러나 사람들의 다양한 심리와 머리의 교묘한 술책을 관찰하고 경험한 끝에 미묘한 색조의 차이를 알아볼 수 있게 된 사람은, 적절한 때에 사람들을 설득하고 그들의 마음을 얻어낼 수 있다. 이런 사람은 적이 있을 수도 있겠지만 친구도 분명 많을 것이다. 그의 뜻에 반대하는 사람들도 있겠지만, 지지하는 사람들도 있을 것이다. 그의 재능은 일부 사람들의 시기심을 불러일으키겠지만, 그의 기분 좋은 태도는 많은 사람의 사랑을 끌어들일 것이다. 그는 무시 못 할 존재가 될 것이고, 사람들은 그를 중요하게 여길 것이다. 그런 사람이 되려면, 그리고 단시간에 사람들의 존경과 호감을 얻으려면, 여러 가지 서로 다른 자질을 지니고 있어야 한다. 학식은 책을 읽음으로써 얻어낼 수 있다. 그러나 그보다 훨씬 더 필요한 학식, 즉 이 세상에 대한 지식은 사

이 세상에 대한 지식은
사람들을 관찰하고
연구함으로써만 얻을 수 있다.

람들을 관찰하고 연구함으로써만 얻을 수 있다.

모든 언어에는 표기는 다르지만 같은 뜻을 가진 단어들이 많이 있다. 그러나 그 언어를 깊이 공부한 사람은 엄밀히 따져볼 때 같은 뜻을 지닌 단어는 없다는 사실을 알고 있다. 일반적으로 '동의어'라고 불리는 단어들 사이에는 모두 크고 작은 차이점이 있다는 것이다. 사람도 마찬가지다. 모든 사람이 일반적으로 가지고 있는 공통점이 있지만, 이 세상에 똑같은 사람은 단 한 사람도 없다. 그러나 사람에 대해 공부를 하지 않은 사람은 그 사실을 모르고 끊임없이 실수를 한다. 겉으로는 얼추 비슷해 보이는 사람들의 미묘한 성격의 차이를 알아보지 못하는 것이다. 이런 지식을 얻을 수 있는 것은 다양한 사람과의 교류를 통해서뿐이다.

젊은 사람들은 사람이든 사물이든 과대평가하는 경향이 있다. 사람과 사물을 모두 충분히 알지 못하기 때문이다. 그것을 더 많이 알게 될수록 그대는 그 가치를 좀 더 현실적으로 평가하게 될 것이다. 그리하여 인간을 이끌어야 할 이성이 실제로 인간을 이끄는 경우는 거의 없고, 감정과 나약함이 이성의 자리를 대신하는 경우가 많다는 사실을 알게 될 것이다.

인간을 잘 알려면 책을 읽을 때처럼 많은 주의를 기울여야 한다. 어쩌면 그보다 더 많은 식견과 현명함이 필요할 것이다. 상류사회에서 평생을 살아왔음에도 경솔하고 부주의하게 생활한 탓에 나이가 많이 든 지금까지도 열다섯 살 때 알았던 정도밖에 이 세상을 모르는 사람들을 나는 많이 알고 있다. 그러니 경박한 사람들과 시시덕거리면서 세상에 대한 지식을 얻을 수 있을 거라고 생각하지 마라. 그보다는 훨씬 깊이 있는 주의력과 관찰력이 필요하다. 사람들의 외양을 그냥 쳐다보기만 해서는 안 된다. 내면을 꿰뚫어 볼 수 있어야 한다. 사람은 누구나 어느 정도 비슷한 감정을 가지고 태어난다. 그러나 가장 중요하게 생각하는 감정은 저마다 다르다.

그렇다면 어느 자리에서든 사람들의 성격을 탐구해야 한다. 가능하다면 그들의 약점과 그들을 지배하는 감정과 그들의 특별한 장점을 찾아내도록 해라. 사람들이 자주 입에 올리는 화제를 관찰하면 그 사람의 허영심을 자극하는 것이 무엇인지 알 수 있다. 사람들은 대개 자신이 뛰어나다고 생각하는 점에 대해 대화를 나누기를 좋아하는 법이니 말이다. 그리고 어떤 사람을 지배하는 감정을 찾아냈다면, 그 감정이 관련되는 상황에서는 그 사람을 절대로 믿어서는 안 된다는 것을 명심해라.

사람들에 대한 지식을 통해 이득을 보려면 '때'를 현명하게 선택해야 한다. 각각의 사람에게는 어떤 이야기를 하기에 좋은 때가 있다. 그 시점을 알아내서 잘 관찰한 후 이용해야 한다. 상대방이 다른 문제에 완전히 몰두하고 있을 때나 크나큰 슬픔이나 분노에 빠져 있을 때는 어떤 얘기를 해봐도 소용이 없다.

다른 사람들의 마음을 잘 판단하려면 우선 자신의 마음을 들여다봐야 한다. 사람들이 지닌 약점과 결점은 저마다 다르지만, 특정한 상황에서 사람들이 보이는 반응이나 느끼는 감정은 대체로 비슷하기 때문이다. 그대를 기분 좋게 하거나 불쾌하게 만드는 일은 다른 사람들 역시 기분 좋게 하거나 불쾌하게 만들 것이다. 다른 사람이 그대로 하여금 열등감을 느껴 상처를 받을 우려가 있다면, 그 사람이 그런 기분을 느끼지 않도록 조심해야 할 책임이 그대에게 있다. 특히 그의 관심이나 존중을 받고 싶다면 더더욱 신경 써야 한다. 자신의 마음이 어떻게 움직이는지 주의 깊게 관찰하면 사람들의 마음을 읽을 수 있을 것이다.

저속하고 평범한 사고방식과 행동, 말투는 교육을 못 받은 수준 낮은 사람들과 어울리고 있다는 증거가 된다. 훌륭한 사람들과 어울릴 기회가 찾아왔을 때 관찰력과 주의력을 발휘해라. 그러지 않으면 그들은 그대를 외면할 것이다. 저급함의 종류는 끝이 없기 때문에 그것들을 모두 꼬집어서 얘기할 수는 없지만, 여기에 몇 가지 예를 소개할 테니 나머지는 그대가 짐작해서 피하도록 해라.

저급한 사람은 타인의 흥을 보는 것을 즐기고 시기심이 많으며 사소한 일에 격렬하고 성급하게 반응한다. 자기가 무시를 당한다고 생각하고, 사람들이 하는 모든 말이 자기를 염두에 두고 하는 말이라고 믿는다. 한쪽에 모여 있는 사람들이 웃으면 자기를 비웃는 거라고 생각한다. 쉽게 화를 내고, 상황에 관계없는 말로 분위기를 흐리거나 무례한 말로 여러 사람의 기분을 망친다. 그리고 주제넘게 나서다가 스스로를 곤경에 빠뜨리곤 한다.

그와 달리 분별력 있고 이성적인 사람은 한자리에 모여 있는 사람들이 자신을 이야깃거리로 삼아 대화를 나눈다고 생각하지 않는다. 그리고 자기가 비웃음을 살 만한 행동을 하지 않은 이상 사람들이 자신을 업신여기거나 무시한다고 생각하지 않는다. 만일 함께 모여 있는 사람들이 (이런 경우는 거의 없지만) 이상하고 교양 없는 사람들이어서 그 사람을 비웃는다 하더라도, 그 모욕이 지나치지 않은 한 그런 사소한 문제는 묵인해버리고 만다.

책에서 얻는 것만 지식이라고 생각해서는 안 된다. 내가 늘 강조하는 지식에는 이 세상에 대한 지식이 포함되는데, 그것은 책에서 얻을 수 있는 것보다 살아가는 데 훨씬 더 필요한 것이다. 사실 책에서 얻는 지식과 세상에 대한 지식은 상호 보완적인 관계다. 두 가지 지식을 모두 갖지 못한다면 어느 한쪽 지식도 완전해질 수 없다. 이 세상에 대한 지식은 그대의 방을 벗어나 세상으로 나가야만 얻을 수 있는 것이다. 책만으로는 세상에 대한 지식을 얻을 수 없다. 그러나 책은 그대에게 관찰해야 할 많은 것을 제시해줄 것이다. 그리고 그대가 사람들을 관찰하면서 얻은 지식과 책에서 얻은 지식을 비교하다 보면 진정으로 중요한 것이 무엇인지 알 수 있게 될 것이다.

아침마다 라로슈푸코(1613~1680, 프랑스의 금언 및 회고록 작가)의 격언을 몇 개씩 읽어라. 그리고 그것을 잘 음미한 다음 저녁에 그대가 만나게 되는 진짜 사람들과 비교해보아라. 아침마다 라브뤼예르(1645~1696, 프랑스의 수필가, 윤리학자)의 저서를 읽고 저녁에 사람들을 만나면서 그가 묘사한 사람들이 실제와 같은지 보아라.

인간의 가슴과 마음을 연구해라. 그리고 그 연구는 그대 자신에서부터 시작해야 한다. 인간에 대한 지식을 얻기 위해서는 명상과 숙고가 기초가 되어야 하지만, 경험과 실습만이 그 지식을 완성할 수 있다. 책이 정신의 움직임과 마음속의 감정과 열정의 영향에 대해 꼬집어 애기해주는 것은 사실이나, 실습과 경험, 관찰이 없다면 책에서 얻은 지식은 아무 쓸모가 없을 것이고 많은 실수를 유발할 것이다. 지도를 보는 것만으로는 특정 지방이나 마을에 대해 제대로 알 수 없는 것과 마찬가지다. 자기 방 안에서 세계지도를 가지고 여행을 한다면 그 여행에서 얻을 수 있는 것이 얼마나 되겠는가?

대학이나 수도원에서 공부를 한 사람은 인간의 정신 구조에 대해서는 알 수 있을 것이다. 인간의 본성과 머릿속과 마음, 열정, 감정을 웬만큼은 설명할 수 있을 것이다. 그러나 동시에 그는 정작 자기 자신에 대해서는 아무것도 알지 못한다. 사람들과 함께 살지 않았기 때문에 그런 감정이나 열정이 어떻게 작용하는지 거의 모르는 것이다. 그는 인간이 지니고 있는 다양한 편견과 성향, 반감을 알지 못한다. 그러나 우리 인간은 항상 그런 편견과 자기만의 성향, 어떤 것에 대한 반감에 의해 편향된 사고를 하게 되고, 그런 것을 토대로 판단을 내리는 경우가 흔하다. 이론을 통해서만 얻은 지식은 실제와는 많이 다르다. 그리고 이론에서 얻은 지식만을 가지고 판단을 내린다면 잘못된 판단을 내리는 경우가 많을 수밖에 없다. 그러나 세상 속에 섞여 살아온 사람, 경험과 관찰을 통해 이 세상에 대한 지식을 얻은 사람은 잘못된 판단을 내리는 경우가 거의 없다. 그런 사람은 인간의 정신이 어떻게 움직이고 작용하는지 잘 안다. 사람의 마음을 들여다보고 그가 어떤 말을 할지, 어떤 행동을 할지 꿰뚫어 본다. 그리고 어떤 일이 상대방의 기분을 좋게 하거나 나쁘게 할지를 알며, 대부분의 일을 예측

할 수 있다.

그러므로 이런 직관에 의한 지식을 얻도록 노력해야 한다. 인생을 잘 아는 사람들이 하는 말과 몸가짐, 행동을 주의 깊게 관찰하고 따라 하도록 해라. 인생을 잘 아는 이들로부터 호감을 얻고 싶다면, 그들이 사람들과 교류할 때 어떤 태도를 취하는지 잘 관찰한 다음 비슷한 태도를 지니도록 노력해야 한다. 그러면 머지않아 그대 역시도 사람들로부터 존중받게 될 것이다.

사람이 지력이나 분별력이 자기보다 훨씬 못한 사람의 지배를 받는 경우는―그런 사실을 알지조차 못한 채―생각보다 많다. 세속적인 면에서 수단이 발달한 사람들은 자신의 말과 행동이 먹힐 것 같은 나약한 정신의 소유자를 찾아내서 공격을 가한다. 그러면 타깃이 된 사람은 굴복하게 마련이다.

인간에 대한 지식을 지니고 있으면 두 가지 이점을 배울 수 있다. 하나는 우리의 화를 다스리는 법이고, 또 하나는 표정을 다스리는 법이다. 인생을 모르는 사람은 불쾌한 일이 생기면 그것이 아무리 사소한 일일지라도 화를 내거나, 수치심에 당황하거나, 미치광이처럼 날뛰거나, 덜떨어진 사람처럼 행동한다. 그러나 세상을 아는 사람은 화를 낼 수도 없고, 내서도 안 되는 일이 있음을 이해한다. 혹 순간적으로 감정을 드러내는 실수를 하더라도 곧 당황한 마음을 다스리고, 재치 있는 농담으로 분위기를 반전시킴으로써 그 상황을 멋지게 벗어난다.

많은 사람이 자신만의 비밀을 숨길 정도의 분별은 가지고 있다. 그

세상을 아는 사람은
화를 낼 수도 없고, 내서도 안 되는
일이 있음을 이해한다.

러나 다양한 사람을 만나고 어울리는 데 익숙하지 않아서 자기도 모르게 감추고 싶은 감정을 표정에 드러내는 사람들이 있다. 이는 정말로 불행한 일이니 가능한 한 빨리 교정해야 한다.

마음가짐을 냉정하게 유지하고 표정을 침착하게 갖는 것은 우리가 말이나 행동, 표정을 통해 감정을 드러내는 것을 막아주므로 절대로 무시해서는 안 되는 중요한 덕목이다. 기분 나쁜 소리를 들으면 곧바로 화를 내거나 불편한 표정을 짓고, 반대로 기분 좋은 소리를 들으면 금방 좋아서 어쩔 줄 모르는 사람은 질 나쁜 사람들에게 이용당하기 쉽다. 그대는 이렇게 반문할지 모른다. 그런 침착함은 타고나는 것이지 후천적으로 얻어낼 수 있는 게 아니지 않냐고. 타고난 성격과 기질이 중요하다는 것은 인정한다. 그러나 사람들은 쉽게 피할 수 있는 일들을 피하려고 노력해보지도 않고 비난하는 경향이 너무 심하다.

마음을 가다듬어 깊이 생각하다 보면 화를 누르고 표정을 다스릴 수 있다. 갑자기 울화가 치민다면 한마디도 입 밖으로 내지 말고 이성이 회복될 때까지 기다려라. 그리고 가능한 한 표정이 바뀌지 않도록 노력해라. 카드놀이를 할 때에도 패가 좋든 나쁘든 표정을 계속 평온하게 유지할 수 있는 사람이, 패에 따라 얼굴이 밝았다 흐렸다 하는 사람보다 훨씬 유리하다. 표정이 그 사람의 패를 그대로 드러내기 때문이다.

만일 어떤 바보가 농담 삼아 그대를 조롱한다면, 거기에 대처하는 최선의 방법은 문제에 대해 짚고 넘어가는 것이 아니라, 그런 농담을 듣고 불편해진 마음을 숨기는 것이다. 그 말이 그대를 겨냥한 것이라는 사실이 너무나 명백하여 모르는 척할 수가 없는 상황이라 해도 그와 싸우지는 마라. 차라리 다른 사람들과 함께 웃어라. 절대로 똑같은 방식으로 상대에게 복수하려고 해서는 안 된다. 그러면 그대가 상처를 받았다는 사실이 드러나기 때문이다.

말다툼을 하고 싸움을 하는 것은 나약한 인간들의 특징이다. 그대는 그런 사람들보다는 나은 사람이어야 한다. 극렬한 논쟁이나 경쟁에 참여하지 말고, 가능하면 모여 있는 사람들 중 누구보다도 라이벌에게 교양 있게 대해야 한다. 그러면 사람들은 결국 그대의 편이 될 것이다. 그리고 그대와 논쟁을 벌인 상대도 그대가 당당하고 멋지게 행동했음을 인정하게 될 것이다.

경험은 모든 사람이 원칙적으로는 같은 재료로 이루어져 있지만 그 배합 비율이 모두 달라서 이 세상에 완전히 똑같은 사람은 단 한 명도 없다는 사실을 가르쳐준다. 사람은 모두 다르다. 그리고 같은 사람도 상황에 따라 평소의 모습과 달라질 때가 있다. 즉, 우리는 자신의 일반적인 성격에서 완전히 벗어나는 행동을 하기도 한다. 현명한 사람도 때로는 어리석은 행동을 하고, 정직한 사람도 가끔은 거짓말을 한다. 이 때문에 인간에 대한 연구는 개괄적이고 보편적인 차원에서 이루어져서는 안 된다. 개인을 끊임없이 관찰하여 그 사람의 전반적인 성격이나 주된 관심사를 통해 평가하되, 그가 지닌 부차적인 욕망이나 기질이 어떻게 작용하는지를 보기 전까지는 최종 판단을 유보해야 한다.

예를 들어 어떤 사람의 전반적인 성격이 엄격할 정도로 정직하고 성실할 수는 있다. 거기에 이의를 제기할 생각은 없다. 그러나 그 사람의 그런 성격만을 믿고 그에게 재산이나 생명을 맡겨서는 안 된다. 그 사람이 권력이나 이익, 사랑에 있어서 내 경쟁자가 된다면, 그는 다른 상황에서라면 스스로 혐오했을 행동을 할 수도 있다. 권력이나 이익, 사랑은 흔히 사람의 정직성을 시험에 들게 하고 심지어 제압하기도 한다. 그러므로 나는 누군가를 믿고 싶다면 철저하게 그 사람을 조사하여 드러난 결과에 따라 그를 얼마나 믿어도 되는지 결정할 것이다.

인간의 본성을 이루는 주요한 기질 중 하나가 허영심이다. 모든 사람이 정도의 차이는 있을지언정 얼마만큼은 허영심에 굴복한다. 누구나 뛰어난 재능을 가지고 있는 건 아니지만, 사람들은 대부분 상식이 있는 척 행세하고, 체면을 무엇보다 중요하게 생각한다. 따라서 어떤 사람이 하는 일에 대해서 그의 능력이나 성실성을 비난하는 것은 대단한 모욕이고, 그 사람은 그런 모욕을 쉽게 잊지 않을 것이다.

사람을 맹목적으로 믿고 의지해서는 안 된다. 스스로에 대해 좋게 말하는 사람에 대해서는 특히 조심해야 한다. 일반적으로 자신의 미덕을 자랑하는 사람이나 특정한 미덕을 지닌 체하는 사람은 의심해야 한다. 그런 사람은 협잡꾼일 가능성이 높기 때문이다. 그대가 관찰한 바를 통해서만 사람을 믿도록 해라. 사람들이 하는 말의 내용뿐만이 아니라 그것을 표현하는 방식도 관찰해야 한다. 통찰력이 있다면 눈으로 보고 귀로 듣는 것보다 진실을 발견할 가능성이 높을 것이다. 간단히 말해서, 들리는 얘기로 사람을 판단하지 말고 그대가 직접 그가 어떤 사람인지 알아보아야 한다. 일반적인 평판은 대체로는 맞지만 특정 상황에서는 틀릴 수 있기 때문이다.

나는 어떤 사람이 무언가에 대해 강력하게 항의하고 이의를 제기하거나 진실을 맹세하는 것을 보면, 그 사람 말이 그럴듯하게 들려도 그 진실성을 의심하게 된다. 그렇게 애를 써서 나를 믿게 하려는 것에 불순한 의도가 숨어 있을 것 같기 때문이다.

대부분의 젊은이들은 그릇된 겸손함을 지니고 있어서, 남들이 자신에게 무언가 부탁을 해 올 때 거절하지 못한다. 또한 무방비 상태로 개방적인 면이 있어서 교활한 사람들의 희생물이 되기 쉽다. 악당이나 멍청이들의 거짓 우정에 휩쓸리기 쉽고, 그런 자들을 너무 성급하게 믿어버린 나머지 결국 손해를 입거나 심한 경우 파멸하고 마는 경우도 있다. 그러므로 남들이 내미는 우정의 손길을 조심해야 한다. 우정에 감사와 경의를 표하되, 상대를 믿어서는 안 된다. 우정은 두 사람 모두가 상대에게 믿음과 애정을 갖기 전에는 꽃필 수 없는 것이며, 충분히 익으려면 시간이 걸린다.

여행을 할 때는 세상과 사람에 대한 지식을 습득하는 것을 목적으로 해야 한다. 여러 나라를 다니고 본받을 만한 사람들과 어울리면서 그 자신이 세계인이 되는 것이다. 단지 영국인이나 프랑스인, 이탈리아인이 아닌, 유럽인, 세계인 말이다. 여행을 하면서 각 나라의 예의범절을 배워 파리에서는 프랑스인으로, 로마에서는 이탈리아인으로, 런던에서는 영국인으로 행동할 수 있어야 한다.

지금까지는 다른 사람들의 감정과 행동에 대해서 얘기했지만, 이제는 그대의 행동과 감정에 대해서 이야기해보도록 하자. 이 세상을 살아가는 데 필요한 사소한 품행의 원칙들이 많이 있다. 그런 행동 원칙을 가장 잘 실천하는 사람이 가장 많은 사람의 호감을 얻을 것이고, 가장 높은 위치로 올라갈 것이다. 그대 나이 때는 젊은 혈기에 그런 원칙들을 쓸모없는 것이라고 생각하여 무시하거나 귀찮다며 거부하기가 쉽다. 그러나 세상을 알아가면서 많은 경험을 하다 보면 그런 사소한 행동 원칙들이 얼마나 중요한 것인지 깨닫게 된다.

그런 원칙들은 우리의 성질을 통제할 수 있게 해주고 마음과 표정을 침착하게 유지시켜주어 감정이 밖으로 드러나는 것을 막아준다. 감정을 들키는 순간 우리보다 냉정하고 능력 있는 상대방은 더 유리한 위치에 서게 된다. 큰일에서뿐만 아니라 일상의 평범한 일에서도 마찬가지다. 스스로를 통제하지 못해 기분 나쁜 소리를 들으면 얼굴에 불편함이나 화를 바로 드러내고, 기분 좋은 소리를 들으면 금방 얼굴에 희색이 도는 사람은 교활한 악당의 손에 놀아나기 십상이다.

성질이 급해서 아랫사람이나 동년배에게, 심지어 윗사람에게도 경솔하게 말실수를 하거나 거친 표현을 쓴다면, 자신의 그런 태도를 면밀하게 관찰하고 확인한 다음 고치도록 해야 한다. 벌컥 화가 나면 우선 마음이 가라앉을 때까지 아무 말도 하지 말고 감정이 얼굴에 드러나지 않도록 표정을 관리해라. 얼굴에 감정을 드러내지 않는 것은 특히 사업을 할 때 무척 이득이 된다. 한편 너무 고분고분하게 굴거나 너무 관대하게 행동하거나 상대를 기쁘게 하기 위해 너무 애쓰지 마라. 그리고 상대방이 감언이설로 그대를 꾀게 놔두지 마라. 필요할 때는 이성과 신중함이 시키는 대로 한 발짝 물러서되, 끝까지 주장을 굽히지 말고 목적을 관철하도록 노력해야 한다. 그러면 대부분의 것을 이뤄낼 수 있을 것이다. 소심하게 굴종하는 태도를 보이면 부당하고 냉혹한 사람들로부터 이용당하고 모욕당할 수 있다. 하지만 굳은 결의와 확고한 태도를 지니면 사람들에게 존중받고, 많은 일에서 성공할 것이다.

이 원칙은 적대자에 대해서뿐 아니라 친구나 모든 인간관계에서 항상 유용한 원칙이다. 굳은 결의와 활기로 사람들과 유대 관계를 맺는 한편 예의 바른 태도로 친구들의 적이 그대의 적이 되는 것을 막아라. 친절하고 공손히 대함으로써 그대의 적들이 그대 앞에서 무장해제하게 만들어라. 하지만 동시에 그대의 정당한 분노는 계속 느끼게 해라. 옹졸한 원한과, 정당하고 단호한 자기방어 사이에는 엄청난 차이가 있으니 말이다.

교제 집단

친구는 최대한 신중하게 선택해라.
그가 가진 좋은 점과 나쁜 점을 그대도 분명 공유하게 될 것이다.

가능한 한 훌륭한 사람들, 그대보다 뛰어난 사람들과 사귈 수 있도록 노력해라. 왜냐하면 그대가 함께 어울리는 사람들에 따라 그대에 대한 평판이 달라질 것이기 때문이다.

훌륭한 사람들을 사귀는 것은, 특히 젊은이가 세상에 처음 나갈 때 사람들로부터 좋은 인상을 받을 수 있는 지름길이다. 그럼 과연 훌륭한 사람들이란 어떤 사람을 가리키는 것이냐고 묻는다면, 명쾌하게 답하기는 어렵지만 그대가 이해할 수 있도록 설명해보겠다.

훌륭한 사람들이란 스스로 그렇게 생각하거나 부른다고 해서 되는 것이 아니다. 다른 사람들이 모두 그렇게 부르고 인정해야 한다. 물론 그 무리를 구성하는 사람들 중에는 사람들로부터 훌륭한 사람이라고 인정받지 못하는 이도 일부 있겠지만 말이다. 훌륭한 사람들은 주로 가문이나 지위, 인품 등이 뛰어난 사람들이다. 그러나 좋은 가문에서 태어나거나 지위가 높은 사람이 아니더라도 특별한 장점이나 재능을

함께 어울리는 사람들에 따라
그대의 평판이 좌우된다.

가지고 있다면 그 무리에 받아들여질 수 있다. 그렇긴 해도 그런 무리에는 무척 다양한 사람이 섞여 있어서, 이도 저도 아닌 사람도 중요한 인물의 비호 아래 무리에 들어가는 경우가 있다. 그리고 심지어는 성격이나 도덕성이 부족한 사람이 그 일부가 되기도 한다. 그러나 대체로 훌륭한 사람들이 모임의 중심을 이루고, 질이 나쁜 사람들은 그 무리에 받아들여지지 않는다. 이런 상류사회 사람들로 이루어진 모임에서는 최고의 예의범절과 최고의 고급 언어를 배울 수 있다.

최상의 신분을 지닌 사람들로만 이루어진 모임을 곧 훌륭한 사람들의 모임이라고 부를 수는 없다. 높은 신분을 지녔다 하더라도 어리석고, 교양 없고, 아무짝에도 쓸모없는 사람이 있을 수 있기 때문이다. 한편 뛰어난 장점과 재능을 지녔다 하더라도 신분이 아주 낮은 사람들로만 이루어진 무리 또한 훌륭한 모임이라고 부를 수 없다. 그런 사람들을 절대로 무시해서는 안 되겠지만, 그들과 자주 만날 필요도 없다.

그렇다고 해서 교제에 있어서 지나치게 사람의 신분만을 따지거나 그대와 연관이 있는 사람들하고만 사귀어서는 안 된다. 여러 가지를 모두 검토해봐야 한다. 그대가 가진 분별력과 이성으로 가치를 판단해라. 진실하지 못한 것은 아름다울 수 없다. 견실함과 정당함에서 파생된 결과물이 아니라면 그 어떤 광채도 거짓된 빛에 불과하다.

그대는 이렇게 물을지 모른다. 자기 힘만으로 최고의 사람들의 모임에 들어가는 게 가능하냐고. 그렇다면, 어떻게 그럴 수 있냐고. 우선 대답은 "Yes"다. 그럴 만한 자격을 갖추면 된다. 물론 그런 사람을 만날 수 있는 상황이 주어져야 한다. 그대가 어떤 장점을 지녔고 교양이 있다면 그런 사람을 만날 기회가 올 것이다.

예의범절과 교양은 다른 좋은 자질과 재능을 돋보이게 하기 위해 반드시 필요한 것이다. 이러한 것들이 부족하면 아무리 지식이 풍부하고 재능이 뛰어나다 해도 빛을 발할 수 없다. 교양이 없다면 학자는 융통성 없는 사람으로 보일 것이고, 철학자는 빈정대는 사람으로 생각될 것이며, 군인은 야만인으로 간주될 것이다. 즉, 교양이 없는 사람은 남들에게 호감을 주기는커녕 불쾌한 사람으로 여겨질 뿐이다.

재치 있는 사람이라는 것은 그다지 환영받지 못하는 이름이다. 넘치는 기지와 풍자는 두려움을 수반하기 때문이다. 사람들은 대개 자신이 속한 무리에 그런 사람이 있으면 겁을 먹는다. 마치 총이 저절로 발사되어 자신에게 해를 입히면 어쩌나 두려워하는 것처럼. 그러나 그런 사람과 알고 지내는 것은 나름대로 의미 있는 일이며 그럴 만한 가치도 있다. 그러나 그런 사람하고만 어울려 다니다가 그대 역시 같은 부류로 여겨지는 일은 없어야 한다.

훌륭한 사람들과 사귀고 그들과 사귀는 것에 기뻐하되, 지나친 자부심은 갖지 마라. 그들을 사귄다고 해서 그대 자신이 그들과 같은 훌륭한 면을 지닌 것처럼 자랑하지 말고, 유명 인사와 나누었던 대화를 떠벌림으로써 다른 사람들을 모욕하지도 마라. 많은 사람들로부터 존경받는 위대한 인물을 만나서 얘기했던 것을 자랑삼아 떠드는 사람들을 자주 보는데, 알고 보면 그 사람들과 한 번밖에 만나보지 못한 사람들이 유난히 그러는 경우가 많다.

교제하는 사람들을 선택할 때는 그대의 평판이 좌우될 수 있다는 사실을 기억해라. 어디를 가든 그곳 사람들이 자기가 포함되어 있는 무리 다음으로는 최고의 무리라고 인정하는 무리로 들어가도록 해라. 그것이 내가 그대에게 말해줄 수 있는 '훌륭한 사람들의 무리'에 대한 정의다. 그러나 여기서도 한 가지 조심할 것이 있다. 이 점을 간과하면 훌륭한 사람들을 사귀어도 몰락할 수 있다. 훌륭한 사람들의 무리는 (내가 관찰한 바에 따르면) 무척 다양한 상류층 사람들로 이루어져 있고, 그들의 태도와 예의범절은 비슷해 보이더라도 성격과 도덕성은 모두 천차만별이다. 세상에 첫발을 내민 젊은이가 그런 무리에 들어가면, 그곳 사람들에게 자신을 맞추고 그들을 모방하려 할 것이다. 그러나 모방의 대상을 잘못 선택하는 불상사를 맞을 수가 있다. 그 무리에는 전반적으로는 사람들로부터 존경을 받고 동경의 대상이 되는 듯 보이지만 알고 보면 호색한이며 술주정꾼이고 노름꾼인 사람이 있을 수 있다. 그런 사람을 따라 하다가는 그가 가진 악덕까지 배우게 된다. 그가 상류사회 사람이고 유행을 선도하는 사람이기 때문에 그런 우아한 악덕을 지니고 있는 것이라 생각하고 그것이 그를 더욱 완벽하게 만든다고 오해하면서 말이다. 그러나 정확히 그 반대다. 그 사람은 자신의 재능, 학식, 교양, 그리고 기타 업적들 덕분에 명성을 얻은 것이다. 분별이 있는 사람들이 보면 그런 '우아한' 악덕은 그의 명성에 흠을 새길 뿐이다. 그 모든 불쾌한 악덕을 지닌 난봉꾼이 실제로는 아주 훌륭한 사람이고, 모방할 만한 사람일 수 있을까? 밤이면 술을 마시고 구토를 하고 다음 날에는 두통으로 고생하는 사람에게서 무엇을 배울 수 있을까?

그런 사람은 그렇게 무지한 채로 불결하고 불명예스러운 악덕을 탐닉하게 내버려 두어라. 그가 자신의 행동이 잘못되었음을 깨달을 때는 이미 너무 늦은 후일 것이다. 그는 노년이 되어 자신을 꾸미던 지위도 부도 잃고 망가진 몸만 남아 참으로 수치스럽고 굴욕적인 결말을 확인하게 될 것이다. 그가 다른 사람들에게 퍼부었던 조소는 분별력 있는 사람들이 보기에는 바로 그 자신이 받아 마땅한 것이다.

그런 불행한 사람의 꾐에 빠져서는 안 된다. 그가 그대를 끌어들이려고 하면 정중하지만 확고하게 거절해야 한다. 그런 문제에 있어서는 논쟁을 할 필요도 없다. 그대는 그런 사람을 바꿔놓기에는 너무 어리다. 그리고 그가 그대를 바꿔놓기에는 그대가 너무 현명할 거라고 믿고 싶다. 그런 사람은 실제로 사귀어서도 안 되고, 함께 있는 모습을 남들 눈에 보여서도 안 된다. 그런 사람과 같이 있다가 다른 사람들 눈에 띄기라도 하면 훌륭한 사람들과 사귈 수 없게 될 것이기 때문이다. 영국과 프랑스에서 쓰이는 표현 중에 젊은이들을 파멸의 길로 몰고 간 말이 있다.

"유쾌한 난봉꾼이 기분 좋은 난봉꾼이다."

이 말은 사악한 난봉꾼이 자신의 악덕을 감추고 다른 사람들을 타락시키기 위해서 만들어냈을 것이다.

그러므로 함께 어울리는 사람들을 선택할 때는 언제나 신중해야 한다. 수줍음이 많고 자신감이 없는 것은 질이 나쁜 무리에 휘말리게 하는 원흉이다. 반면 재능도 그리 특별하지 않고 지식도 별로 지니지 못했지만 명랑하고 낙천적이며 진취적인 태도로 앞으로 나아가는 사람들이 있다. 그런 사람은 거부에 굴하지 않고 어떤 어려움이 있어도 기죽지 않으며 몇 번이나 퇴짜를 맞아도 다시 도전한다. 그리고 마침내 이기고 만다.

어떤 무리보다도 주의해서 피해야 하는 무리는 모든 차원에서 '저급한' 사람들의 무리다. 그들은 출신이 저급하고, 신분이 낮고, 재능도 없고, 교양도 예의도 모르는 사람들이다. 그들은 그대와 함께 있는 모습을 타인에게 보이는 것을 명예롭다고 생각하여, 그대를 붙들어두기 위해서 그대가 하는 어리석은 말과 행동에 대해 아첨을 할 것이며, 그대의 악덕에 대해서도 듣기 좋은 말로 치켜세워 줄 것이다.

그런 사람들을 피하기 위해 조심할 필요가 있을까라고 생각할지 모른다. 하지만 나는 분별 있고 지위도 높은 젊은 신사들이 쓸데없는 허영심 때문에 그런 사람들과 어울리다가 자신 또한 타락해버리는 경우를 많이 보았다.

여기서 말하는 허영심이란 무리에서 제일 잘난 사람이 되고 싶어 하는 바람을 말한다. 이런 자만심은 실제로 흔한 것인데, 이 세상에 그런 허영심만큼 사람의 수준을 떨어뜨리는 것도 없다. 무리를 자기 마음대로 휘두르기 위해서, 박수를 받기 위해서, 동경의 대상이 되기 위해서 저급한 사람들을 몰고 다니다 보면, 그 자신도 수준이 낮아질 수밖에 없다. 사람은 함께 어울리는 사람들에 따라 수준이 낮아지기도 하고 높아지기도 하는 것이다. 저급한 사람들과 어울리면서 저급한 쾌락을 추구하는 데는 자유와 품위를 지키는 것보다 더 큰 대가를 치러야 한다.

그러니 최고의 사람들과 어울리겠다는 야망을 가져라. 그리고 그런 사람들과 어울리게 되면 그들이 지닌 악덕이 아니라 미덕을 본받도록 노력해야 한다. 소위 "품위 있고 세련된 악덕"이라는 말을 들어 보았을 것이다. 술 마시고, 도박을 하고, 매음굴에 드나드는 것이 그것이다. 그런 행동을 일삼음에도 불구하고 존경을 받는 사람들이 있기 때문에 "품위 있고 세련된 악덕"이라는 말이 생겼다. 그러나 오해해서는 안 된다. 사람들이 그들을 존경하거나 동경하는 것은 그들이 행하는 악덕 때문이 아니라 그들이 이룬 업적, 그들이 지닌 재능과 학식, 교양 때문이다. 그들은 그런 악덕을 지니고 있지 않다면 더욱 존경받을 것이다. 이처럼 복합적인 면모를 가질 때는 종종 나쁜 면은 간과되고 좋은 면만 부각되곤 한다.

여러 사람이 모인 집단의 일부로 받아들여진 사람은 적어도 한동안은 그 집단의 나머지 사람들과 동등한 수준의 사람으로 여겨진다. 특별히 존경할 만한 대상이 없는 한 특별 대우를 받는 사람도 없을 것이고, 그러면 서로 간에 행동이 훨씬 편해질 것이다. 그러나 존경받을 사람이 아무도 없다 하더라도, 그들 사이에서 교양 있고 예의 바른 태도는 지켜야 한다. 편안한 태도는 허용되지만, 부주의하고 무관심하며 태만한 태도는 엄격하게 금지된다. 어떤 사람이 그대에게 다가와서 지루하고 시시한 말을 늘어놓을 경우, 상대가 하는 말에 귀를 기울이지 않음으로써 그를 얼간이로 생각한다는 것을 명백히 드러내는 것은 무례함을 넘어서는 잔인한 행동이다.

존경할 만한 사람이라 하더라도
그의 악덕은 절대 모방해서는 안 된다.

또 가장 좋은 자리에 앉거나 가장 맛있는 음식을 먹거나 하는 등의 특혜와 편리를 행사하려고 해서는 안 된다. 그런 기회는 사양하고 다른 사람들에게 권해라. 그러면 상대방이 다시 그대에게 권할 것이다. 그렇게 되면 결국 그대는 그대가 가진 권리를 누릴 수 있게 되는 것이다.

만에 하나 그대가 악덕을 지니고 있다면, 거기에 다른 사람의 악덕까지 더해서 그 숫자를 늘리지 않도록 해라. 남들에게서 악덕을 보고 배우는 것은 용서받지 못할 일이다.

내가 과거에 했던 실수에 대해 얘기해주면 그대에게 도움이 될 거라 생각한다. 나는 처음 대학에 들어갔을 때, 술과 담배를 싫어했음에도 불구하고 그렇게 해야 남자답게 보일 거라고 생각하고서 술을 마시고 담배를 피웠다. 내가 처음 갔던 외국 도시는 네덜란드의 헤이그였는데, 그곳에서는 당시에 도박이 몹시 유행해서 신분이 높고 인품이 훌륭한 많은 사람이 도박을 했다. 그때 나는 젊고도 어리석었기에 도박을 그들이 이룬 업적들 가운데 하나라고 생각하여 나 역시 그것을 했다. 그들처럼 되기 위해서는 반드시 필요한 단계라고 생각했던 것이다. 그렇게 실수로 나쁜 습관을 들이게 되었는데, 그것이 내 성격과 인품을 돋보이게 하기보다는 큰 흠집을 남겼다는 사실을 이제는 안다.

현명하게 판단하여 존경할 만한 사람들이 지닌 진정 훌륭한 점을 본받도록 해라. 그들의 공손한 태도, 몸가짐, 말투, 대화법 등을 모방해라. 단, 그들이 지닌 악덕은 결코 모방해서는 안 된다. 아주 잘생긴 남자의 얼굴에 사마귀가 있다고 해서, 그 남자처럼 잘생긴 얼굴을 갖기 위해 얼굴에 사마귀를 만들겠는가? '그의 얼굴에 사마귀가 없었다면 훨씬 더 멋있었을 텐데' 하고 생각하지 않겠는가?

사람은 어느 정도는 자기가 주로 대화를 나누는 사람들과 비슷해진다. 그들의 분위기, 태도, 심지어는 사고방식까지 닮는다. 주의를 기울여서 관찰한다면 훌륭한 사람들의 태도를 금방 배울 수 있을 것이다. 그러나 주의 깊게 관찰하지 않는다면 미덕과 악덕을 가려내지 못하고 자기도 모르는 사이에 그대로 닮아갈 것이다. 내가 생각하기에, 주의를 기울이고 몰두해도 습득할 수 없는 것은 이 세상에 시詩밖에 없다.

쾌락

길고 화려한 행렬, 한밤중의 가장무도회, 방종한 부자들이 보여주는 기괴한 모습들.
여기서 빈둥거리는 사람들은 소망의 절반을 이루지만 애써 얻은 쾌락은 고통이 되어버린다.

이번에는 모든 사람이 천성적으로 좋아하고 추구하는 것에 대해 애기해보겠다. 그것은 바로 쾌락이다.

우리가 삶에서 쾌락을 가장 우선적으로 추구한다면, 이성과 사색은 자리를 잃을 것이고 성급함과 조바심이 빈 곳을 채울 것이다. 쾌락을 추구할수록 기대치는 점점 높아져서 웬만해서는 만족을 하지 못하게 되고, 쉽게 싫증을 느끼고 흥미를 잃게 된다.

흔히 "쾌락을 아는 사람"이라고 불리는 사람에게 남는 것은 가장 사악한 범죄자에게 부여되는 죗값보다 더 무겁고 고통스러운 무엇이다. 방탕한 시절을 지나 정신을 차리고 보면, 그의 삶은 삶이 아니고 존재 자체가 스스로 지탱할 수 없는 짐이 되어 있다. 빚과 질병만이 그에게 남은 유산이다. 사형 집행장으로 쓸쓸히 걸어가는 불쌍한 부랑자들은 한때는 쾌락을 즐기던 사람들이었으리라.

쾌락은 젊은이들의 순항을 방해하는 암초라는 것을 기억해라. 돛을 높이 올리고 쾌락을 좇아서 항해를 떠나지만, 길을 알려줄 나침반도 없고 배를 조종할 이성도 없기 때문에 그들이 항해를 통해 얻는 것은 쾌락이 아니라 고통과 수치다. 그렇다고 해서 내가 스토아학파인 양 쾌락을 무조건 비난하는 것은 아니다. 오히려 나는 에피쿠로스학파처럼 쾌락을 콕 집어서 권하려는 것이다. 나는 그대가 쾌락을 많이 누리기를 원한다. 단지 그것을 잘못 이해하지 않기를 바랄 뿐이다.

대부분의 젊은이들이 방탕아가 되는 것을 제일의 목표로 삼는다. 그들은 자신의 성향이나 기질을 참고하지 않은 채 맹목적으로 '즐길 줄 아는 남자'들이 하는 행동을 따라 한다. 그러나 즐길 줄 아는 남자라는 것은 사실 짐승처럼 술을 마시고 주정을 부리고 욕설을 일삼으며 매음굴을 제집 드나들듯 하는 난봉꾼에 불과하다.

부끄럽지만 고백하자면 나 역시 젊었을 때 했던 부도덕한 행동들의 대부분이 나 자신의 기질에서 나온 것이라기보다는 즐길 줄 아는 남자라고 불리고 싶어서 한 것이었다. 나는 원래 술 마시는 것을 싫어했지만, 그때는 술을 마셨다. 술을 마신 다음 날이면 몸이 몹시 괴로웠음에도 술을 마시는 것이 즐길 줄 아는 신사라면 갖춰야 할 자질이라고 생각했던 것이다. 도박도 마찬가지였다. 나는 돈이 필요하지 않았고, 따라서 도박을 하고 싶은 마음도 없었다. 그러나 즐길 줄 아는 남자가 되기 위해서는 도박을 할 줄 알아야 한다고 생각했기 때문에 결국 도박에 빠져들었다. 처음부터 도박을 하고 싶었던 게 아니었음에도 말이다. 심지어 한동안은 즐길 줄 아는 남자의 모습을 완성하기 위해 욕을 하기도 했다. 그러나 곧 그것이 얼마나 추잡하고 잘못된 행동인지 깨닫고 그 바보 같은 행동은 그만두었다.

그렇게 나는 유행을 따르고 싶은 마음에, 그리고 사소한 쾌락을 추구하는 데 눈이 멀어서 진정한 쾌락을 잃고 말았다. 그리고 그런 실수에 대한 형벌로 내 재산은 축났고, 건강도 해쳤다.

내 경험을 거울삼아 경계하도록 해라. 그대가 누릴 쾌락은 그대 스스로 선택하고, 다른 사람들이 그대에게 강요하지 못하게 해야 한다. 그대가 지금 누리는 쾌락의 정도와 그것이 가져오는 결과를 비교해서 상식에 따라 결정하기 바란다.

심각한 일과 쾌락을 적절히 배합할 줄 아는 사람만이 그 두 가지를 모두 누릴 수 있다. 끊임없이 쾌락만을 추구하는 삶은 한심할 뿐 아니라 재미도 없다. 쾌락만을 좇는 방탕한 술주정뱅이 난봉꾼은 그렇게 자신의 전부를 바치고서도 정작 제대로 된 쾌락은 누리지도 못한다. 그는 실패한 삶을 살 뿐이다.

간단히 말해서 쾌락은 상식과 분별을 지닌 사람이라면 추구해서는 안 되는 것이다. 쾌락은 그 사람이 삶을 열심히 살면서 받을 수 있는 보상이자 위안일 뿐이다. 여성들과 관련해서는 특히 그러하다. 여성들은 같은 남성들과 함께 건설적으로 어울리지 않고 하루 종일 유흥가에서 천박하게 시간을 보내는 남자들을 경멸한다. 그리고 그런 남자를 쓸모없는 사람이라고 생각하여 상대도 하지 않는다. 여성들은 다른 어떤 감각보다도 귀에 들리는 소리에 예민하다. 그러므로 남성들에게서 가장 많은 칭찬을 받는 남성이 여성들에게서도 가장 환영받는다.

위엄

자연스런 방식으로 당신처럼 위엄 있는 태도를 지니는 법을 가르쳐주오.

위엄 있는 태도를 지니지 못하면 아무리 훌륭한 인격도 그 가치를 제대로 인정받을 수 없다.

장난을 치고 걸핏하면 큰 소리로 웃고 농담을 하고 다른 사람을 흉내 내고 누구에게나 지나치게 허물없이 대한다면, 그 사람이 아무리 지식이 풍부하고 뛰어난 재능을 지녔더라도 사람들로부터 무시를 당할 수 있다. 그런 특성을 지닌 사람은 유쾌할 수는 있겠지만, 존경을 받지는 못한다. 누구에게나 허물없이 대하는 것은 윗사람의 기분을 상하게 하거나 그대를 아첨꾼으로 비치게 할 수 있다. 그리고 아랫사람은 그대와 자신이 동등하다고 착각할 것이다. 그것은 곤란하고도 성가신 일이다.

농담에 가시가 있다면 그것은 더 이상 농담이 아니라 무례한 언사다. 가시가 없다 해도 정교하고 재미있는 말이 아니라면 상대를 즐겁게 하기보다는 불쾌하게 만들 것이다. 그런 농담에 사람들이 웃는다

도덕적인 인격만큼
손상되기 쉬우며 순수하게
지켜내야 하는 것도 없다.

면 그것은 그 말 때문이 아니라 그 말을 한 사람이 가소로워서다.

말장난 역시 분별 있고 교양 있는 사람의 특징과는 거리가 멀다. 이를테면 "이 음식은 어떻게 먹죠?"라고 물었는데 "입으로요"라고 답하는 것과 같은 것인데, 이런 말장난은 사람의 수준을 확 떨어뜨린다. 그대가 재미있다고 생각하고 어떤 말을 했는데 사람들이 바로 웃지 않는다면, 다시는 그런 말을 하지 말아야 한다. 그건 그들에게 문제가 있는 게 아니라 그대에게 문제가 있는 것이니까.

다른 사람 흉내 내기를 즐기는 흉내쟁이들은 사람들을 웃기려고 입이나 눈을 일그러뜨리는데, 어릿광대가 아닌 이상 타인을 즐겁게 하기 위해서 자신의 위엄을 떨어뜨리는 행동을 할 필요는 없다.

어떤 모임에 초대되는 이유가 그 사람의 지식이나 재능, 품위 있는 태도 때문이 아니라 다른 요인 때문이라면, 그를 불러들인 사람들은 단지 재미를 위해서 그를 이용하는 것일 수 있다.

"그런 사람도 있어야지. 노래 잘하잖아. 농담도 잘하고."

"그 사람도 부르자. 술친구로 좋잖아."

이처럼 어떤 한 가지 특성 때문에 받아들여지는 사람은 그 목적을 위한 하나의 물건과도 같을 뿐, 사람들은 그를 다른 면으로는 생각하지도, 제대로 존중하지도 않는다. 그 사람이 어떤 장점을 가졌건 상관없다.

특히 놀고먹는 젊은이들 중에서 행동과 차림새에서 위엄을 찾아볼 수 없는 사람들을 흔히 볼 수 있다. 더러운 옷을 입고 부스스하고 기름기 흐르는 머리를 한 채 그들은 술집에 가서 소란을 피우고 유리창을 깨는 등 난동을 부린다. 그리고 결국 사람들에게 공포의 대상이 된다. 그러면서 그들은 스스로가 돋보인다고 착각을 한다. 사실 돋보이기는 한다. 고약한 모습으로 돋보인다는 것이 문제이지만.

방탕한 난봉꾼의 모습으로 남들 눈에 띄겠다는 젊은이들 역시 착각하고 있는 것이다. 그들은 자신의 방탕한 행동이 삶을 제대로 즐길 줄 아는 사람의 행동이라고 오해한다. 난봉꾼은 품위 없고 저급하고 천박하고 수치스러운 행동을 하는 사람이다. 그런 행동은 그 사람의 인격을 더럽히고 재산을 갉아먹으며 실제로 그 사람의 본질 자체를 파괴한다.

내가 이토록 강조하는 위엄 있는 태도는 자만심과는 다르다. 진정한 용기와 허세가 다르고 기발한 위트와 실없는 농담이 다르듯이 말이다. 자만심은 위엄과는 전혀 조화를 이루지 못한다. 자만심만큼 사람의 위엄을 떨어뜨리는 것은 없기 때문이다. 자만하는 태도에 대해서 사람들은 분노하기보다는 비웃고 멸시한다. 터무니없이 비싼 값을 요구하는 상인에게는 돈을 더 주기가 싫고, 정당한 가격을 부르는 상인에게는 에누리를 하지 않는 것과 마찬가지다.

비굴하게 아첨하거나 누구한테든 부화뇌동하는 행동 역시 사람의 위엄을 떨어뜨린다. 아무하고나 언쟁을 벌이고 누구의 뜻에든 반대하는 행동 역시 그렇다. 자기 의견을 조심성 있게 주장하고, 다른 사람들의 의견에는 공손하게 동의하거나 묵인하는 것이 위엄 있는 태도다.

저급한 어휘와 말투, 이상한 몸짓은 그 사람이 저급한 기질과 인격을 지녔거나 제대로 된 교육을 받지 못하고 저급한 사람들과 어울렸다는 증거다.

생각할 가치도 없는 하찮은 일에 대해 천박한 호기심을 갖는 것 역시 사람의 위엄을 떨어뜨리는 행동이다. 그런 모습을 일단 보이면 사람들은 그가 실제로는 어떻든 간에 큰 문제에 대해서는 생각할 줄 모르는 사람이라고 치부하게 된다.

표정이나 행동이 진지해 보이도록 연출하는 것도 위엄 있어 보이기 위해 어느 정도 필요하다. 물론 위트와 적당한 정도의 유쾌함도 지녀야 한다. 끊임없이 히죽거리고 웃거나 몸을 불안하게 계속 움직이는 것은 경박한 느낌을 준다.

위엄 있는 태도와 성격을 지니기 위해 유념해야 할 세 가지 조건이 있다. 첫째는 도덕적이고 진실하며 존경할 만한 인격을 지니는 것이고, 둘째는 목표로 하는 분야에 대해 지식을 갖는 것이며, 셋째는 호감을 주는 말씨와 태도, 몸가짐을 갖추는 것이다. 이 세 가지는 사람들의 마음을 얻는 확실하고도 유일한 방법이다. 아무리 재능이 있고 장점이 많아도 사람들의 마음을 얻지 못한다면 아무 소용이 없다.

특히 도덕적이고 진실하며 존경할 만한 인격은 이 세상에서 출세하기 위한 견고한 토대가 된다. 도덕적인 인격만큼 손상되기 쉬우며 순수하게 지켜내야 하는 것도 없다. 정의롭지 못하다거나 사악하다거나 불성실하다거나 배신을 했다거나 거짓말을 한다거나 하는 의심을 받는다면, 아무리 많은 지식과 재능을 지녔다 해도 사람들과 훌륭한 교류를 나눌 수 없고 존중 역시 받을 수 없다. 때로는 알 수 없는 일련의 상황으로 인해 아주 저급한 사람이 상류사회로 올라가게 되는 경우가 있다. 그러나 범죄자처럼 길러진 그의 인격과 반도덕적인 행위는 상류사회에서 더욱 눈에 띌 것이고, 그는 더 많은 욕설과 비난의 대상이 될 것이다.

도덕적인 성품은 아주 조심스럽게 다뤄야 하고, 그것을 더럽힐 수 있는 어떤 말이나 행동도 해서는 안 된다. 누구라도 그대의 미덕을 지지해주고 옹호해줄 수 있는 모습을 보여야지, 그대의 미덕을 흠내는 모습을 보여서는 안 된다.

결단력과 의지력을 갖도록 노력해라. 건전하고 강인한 정신은 모든 면에서 특정 경계를 찾아낸다. 그 경계의 양쪽에는 극단이 자리하고 있다. 그 경계는 아주 미세한 선으로 구분되어 있어서, 상당한 분별력과 주의력이 있어야만 찾아낼 수 있다. 저급한 눈으로는 찾아낼 수 없는 것이다. 태도에 있어서 그 선은 교양의 경계다. 선을 넘어가면 교양 없는 태도가 꼴사나운 부주의와 태만을 낳는다. 도덕에 있어서 그 경계선은 지나친 엄격주의와 도가 넘는 방종을 구분해준다. 종교에서는 미신과 불경을 구분 짓는다. 한마디로 말해서 그 경계선은 모든 미덕과 악덕, 결점을 구분해준다. 그대라면 그 경계선을 알아볼 수 있을 거라고 믿는다. 항상 경계선을 주의 깊게 보고 그 위로 걸어갈 수 있도록 해라.

위엄 있는 말씨와 언동은 위엄 있는 인격의 기본을 이루기 위해 없어서는 안 되는 중요한 요소다. 완벽한 자기통제, 교양의 원칙에 대한 지식, 편안하고도 당당한 태도는 위엄 있는 태도를 만들어내는 데 반드시 필요하다. 모든 행동에는 어느 정도 확고부동한 결의가 따라야 한다. 수동적으로 상대에게 고분고분하게 대하는 것은 그 사람의 격을 떨어뜨린다. 그러나 결의가 지나쳐서 무자비한 정도가 되면 안 된다. 사람들의 호감을 살 수 있는 온건함을 수반한 결의여야 한다.

누구와 있든 간에 항상 침착하고 태연할 수 있는 것은 건방지거나 무례한 것이 아니다. 오히려 그런 모습을 보이는 것은 언제나 그 사람에게 도움이 된다. 그런 모습을 갖출 때 비로소 자기 자신을 제대로 드러내 보일 수 있기 때문이다. 불안하고 당황한 상태로는 아무것도 제대로 할 수 없다. 어디에 속해 있든 절대적으로 편안하고 침착한 모습을 보이지 못한다면 그 집단에서 환영받지 못하며 사람들과 잘 어울릴 수도 없다. 겸손이 스민 확고한 자신감은 한 사람이 삶의 모든 부분에서 지닐 수 있는 가장 유용한 자질이다.

교육을 제대로 받지 못한 사람들은 위대함이 내뿜는 빛을 견디지 못한다. 그래서 훌륭한 사람이 말을 걸어오면 당황하여 어쩔 줄 모른다. 그러나 상류사회 사람들은 자기보다 신분이 높은 사람을 만나도 당황하거나 기죽지 않는다. 윗사람에게 필요한 만큼 존중과 존경을 보내되, 아랫사람들과 말할 때와 마찬가지로 그들과도 편안하게 얘기할 수 있다. 이는 어린 나이에 훌륭한 사람들의 무리 속에서 자연스럽게 어울렸던 사람에게 주어지는 강점이다. 고등교육까지 받고도 어려운 자리에 나서게 되면 당황하여 떨면서 손과 눈길을 어디 두어야 할지 몰라 우왕좌왕하고 안절부절못하는 사람들이 많다.

교양 있는 사람은 대화를 나눌 때 아랫사람에게는 예의를 갖춰 대하고, 윗사람에게는 존중의 마음을 담아 자연스럽게 대한다. 그리고 비슷한 신분의 사람과는, 그 사람과 잘 아는 사이이든 아니든, 천박하지 않은 공통의 화제를 가지고 편안하게 대화한다. 당황하지도, 불안해하지도, 몸짓을 어떻게 해야 할지 몰라 허둥대지도 않는다.

윗사람과 대화를 할 때는 상대가 먼저 말을 걸어오기를 기다려야 하고, 화제를 먼저 꺼내지 말아야 한다 그리고 주어진 주제를 벗어나 부적절한 방향으로 대화가 흘러가지 않도록 조심해야 한다. 하지만 상대방이 어떤 주제에 대한 이야기를 멈춘다면 이쪽에서 다른 화제를 꺼내도 된다. 단, 양쪽이 모두 이야기하고 듣기에 거북하지 않은 주제여야 한다.

대화를 할 때 피해야 하는 태도가 있다. 팔짱을 끼거나 담뱃갑을 만지작거리거나 발을 구르거나 머리를 긁는 등의 행동이다. 이런 행동은 무척 교양 없어 보이기 때문에 상대가 누구이든 간에 절대로 해서는 안 된다. 대화를 할 때는 외적으로 존경할 만한 모습을 보임과 동시에 내적으로는 편안함과 침착함을 지녀야 한다. 물론 쉽지 않겠지만, 주의를 기울여 노력하면 이런 모습을 지니는 것은 얼마든지 가능하다.

격렬한 기질을 감추지 못하고 화를 잘 내는 것은 여기서 강조하는 위엄 있는 태도와는 거리가 멀다. 성질이 급해서 거칠고 경솔하게 말하는 경우가 적지 않다면, 그런 태도를 면밀히 반성한 뒤 억제하도록 노력해야 한다.

아랫사람에게 명령을 내릴 때도 부드럽고 온화한 태도로 해야 상대방은 그것을 기분 좋게 따를 것이다. 폭군 같은 태도로 명령한다면 상대가 복종은 하겠지만 마지못해 따르는 것이니 일의 결과는 장담할 수 없다. 물론 명령에는 냉정하고 확고한 결의가 엿보여야 하지만 태도에 있어서는 부드럽고 신사다운 면모를 보여줄 필요가 있다. 그럴 때 상대방은 명령을 기분 좋게 따를 것이다. 그리하여 결국 그대는 혐오감을 느끼게 하는 대신 사랑받는 존재가 될 것이요, 증오의 대상이 아닌 경외의 대상이 될 것이다.

악덕에 대해서는 굳이 언급할 필요가 없으리라 생각한다. 어떤 집단에서 내쫓긴 사람이 자신은 용기 있는 거라고 주장하는 것은, 온갖 악덕으로 인해 악명이 높아진 사람이 스스로 위엄이 있다고 주장하는 것이나 마찬가지다.

장사에서 성공하고자 하는 상인은 우선 성실하고 예의 바른 태도를 지녀야 한다. 성실하지 않다면 그의 가게를 찾는 이는 아무도 없을 것이고, 예의 바르지 못하다면 사람들은 한 번은 가도 다시는 그의 가게에 가지 않을 것이다. 이 법칙은 공정한 판매 기술에도 적용된다. 상인은 정해진 범위 안에서 가장 적당한 가격을 정하고 유머감각과 고객의 취향 등을 이용해 물건을 판다. 이때 그가 좋다고 보증하는 물건은 실제로 품질이 좋은 것이어야 한다. 단지 장삿속으로 없는 말을 꾸며내어 물건을 판다면 부당하게 벌어들인 이익도 머지않아 모두 잃고 말 것이다.

더 나아가 인간의 삶 전체를 통해서 진실성과 성실성, 교양과 예의를 갖추지 못한 사람은 잠깐 동안은 빛을 낼 수 있을지 몰라도 유성처럼 곧 스러지고 말 것이다. 사람들은 젊은이들이 때로 분별없이 행동하는 것은 용서해주지만, 마음이 사악한 것은 용서하지 않는다. 사악한 마음은 나이가 들어도 정화되지 않기 때문이다. 더 나빠지지나 않으면 다행일 것이다. 젊어서부터 거짓말을 하던 사람은 나이가 들어도 거짓말을 한다. 젊은 악당은 나이가 들면 더 큰 악당이 된다. 마음은 사악한데 머리가 좋은 사람이 자신의 어리석음과 죄를 의식하고 개과천선하는 경우가 있다 해도, 그런 변화는 진실한 변화라기보다는 정치적이고 계획적인 것으로 여겨질 것이다.

도덕적으로 미덕을 갖추는 것으로는 충분하지 않다. 미덕을 갖췄다는 명성을 얻어야 한다. 인격은 단단한 기초 위에서 형성되어야 하고, 그렇지 못하면 곧 무너지고 만다. 그러므로 인격을 확립함에 있어서는 아무리 조심해도 지나치지 않다. 대화 중에 예를 들어 보이다가, 재미있는 말을 하려다가, 혹은 편견을 갖지 않았다는 걸 보이고 싶은 어리석은 욕망에서, 도의에 어긋나는 행동을 했다고 인정하거나 그것에 대해 변명하거나 비웃어서는 절대로 안 된다. 어떤 경우에든, 부도덕한 행위를 혐오한다는 사실을 보여야 한다. 젊더라도 그런 면에 있어서는 엄격해야 한다. 사실 젊은 나이에 엄격하고 철저할 수 있는 것은 그런 면에서뿐일지 모른다. 하지만 그런 경우에도 죄는 비난하더라도 사람은 용서해야 한다는 사실은 기억해야 한다.

옳고 그름을 판단하는 데 있어서 변호사들의 억지스런 말과 궤변가들의 현학적인 말을 끌어들여서는 안 된다. "네가 남들에게 대접받기를 바라는 것처럼 남들을 대접하라"라는 말이 도덕과 정의에 있어서

도덕적으로 미덕을 갖출 뿐 아니라
미덕을 갖췄다는 명성을 얻어야 한다.

도 가장 단순·명료하고 확실하며 논쟁의 여지가 없는 원칙이다. 그 원칙을 고수하여, 어떤 것이 끼어들더라도 확신을 잃지 말아야 한다.

종교를 갖는 것도 좋다. 종교는 진정한 위엄의 견고한 기반을 만들어줄 것이고, 진정한 위엄이 없다면 직위도 부도 인격을 오랫동안 지탱해줄 수 없을 것이다.

종교를 갖는다고 해서 선교사나 광신자처럼 말하고 행동해야 하는 것은 아니다. 그대의 종파를 공격하는 사람들과 논쟁을 벌일 필요도 없다. 이런 행동은 젊은 나이에는 쓸모없는 일이기도 하고, 어울리지 않는 일이기도 하다. 하지만 절대로 여러 종교를 함께 공격하고, 얼빠진 인간들의 진부한 화젯거리가 되는 불경스럽고 방탕한 견해를 인정하거나 지지하는 것으로 보여서는 안 된다. 그런 농담을 듣고 웃는 사람들도 그런 말을 하는 사람을 신뢰하거나 좋아하지 않는다. 도덕성을 최고의 가치로 놓고 종교를 최하위에 놓더라도, 종교는 미덕에 대해서 부차적인 방위 수단이 되어야 한다. 물론 신중한 사람은 한 가지 방위 수단보다는 두 가지 방위 수단에 의존할 것이다. 그러므로 종교를 비웃는 생각 없는 난봉꾼들과 함께 자리하게 되면, 그들의 말에 동의한다는 듯한 말을 해서도 표정을 지어서도 안 된다. 반대로 아무 말 없이 심각한 표정을 지음으로써 그들의 말을 불쾌하게 받아들이고 있음을 드러내야 한다. 그런 아무 쓸모없는 추잡한 논쟁에 참여할 필요는 전혀 없다.

불행히도 그대가 만일 본질적인 장점을 지니고 있지 못하다면, 장점이 있는 척이라도 해야 한다. 그러면 이 세상은 그대가 그 외의 기본 미덕은 당연히 가지고 있다고 생각할 것이다. 정치를 할 때 융통성을 발휘해야 하듯이, 사회생활을 하면서도 융통성 있는 예의범절이 필요하다. 나쁜 의도로 이용하지만 않는다면 이는 비난받을 일이 아니다. 우리는 마치 카멜레온처럼 우리가 높이 평가하는 사람들과 같은 모습을 보여야 한다. 사람의 호의나 애정을 얻기 위해 노력하는 것은 충분히 용납될 수 있는 일이다. 그 호의나 애정을 나쁜 의도로 이용하지 않는다는 전제하에서다.

학업

무엇을 배우든 그 배운 것을 그대의 생활에 적용하기 바란다. 그것을 의무라고까지는 말하지 않겠다. 그러나 그것이 만족감과 성취감을 느끼기 위해서 반드시 필요한 것이라는 사실은 지적하고 싶다. 자신의 동료들을 능가하는 것만큼 기쁜 일이 있을까? 그리고 그들보다 뒤지는 것만큼 원통한 일이 있을까? 여기서 말하는 적용은 경쟁에만 국한된 것이 아니다. 적용을 통해 그 일 자체에서 우수해지는 것까지를 의미한다. 어떤 것을 완벽하게 알지 못한다는 것은 아예 모르는 것과 같다. 어설프게 아는 것만으로는 만족감도 느낄 수 없고 남들로부터 신뢰도 얻을 수 없다. 불명예를 안고 조소의 대상이 될 뿐이다.

모든 시스템에서는, 그것이 종교든 정부든 윤리든 완벽함을 목표로 삼아야 한다. 그것이 불가능하더라도 말이다. 표적 자체를 주의 깊게 겨냥하는 사람은, 쉽게 절망해버리거나 나태한 나머지 일을 운에 맡겨버리는 사람보다 분명 그 표적에 가까이 갈 것이다. 마찬가지로 완벽을 목표로 하여 전력을 기울이는 사람은 완벽해지는 건 있을 수 없는 일이라며 지레 포기하는 사람보다 한층 완벽에 가까이 다가갈 수 있다. 포기하는 사람은 말한다.

"어차피 완벽해지지도 못할 걸 뭐하러 고생을 해? 딱 남들만큼만 하면 되지."

위와 같은 논리(이런 것을 논리라고 부를 수 있다면 말이다)의 어리석음과 문제점을 짚고 넘어갈 필요가 있을 것 같다. 이런 논리는 사람들로 하여금 쉽게 낙담하게 하여 노력하는 것을 그만두게 만들곤 한다. 하지만 분별 있고 기백 있는 사람은 아무리 완벽해지는 것이 불가능할지라도 스스로에게 이렇게 말한다.

"나의 노력으로 완벽에 한 걸음 더 다가설 수 있을 거야!"

나는 그대가 그런 바람직한 결심을 하도록 도와주고 싶다. 학문의 모든 분야에서 완벽해지기 위해 애쓰라는 얘기가 아니다. 학문을 익히는 데 있어 건축물이 일어서고 완성되기 위해 필요한 발판과 같은 역할을 하는 것이 있을 것이다. 그런 부분에서 완벽해지기 위해 애써야 한다. 물론 그다지 필요하지 않은 분야에 있어서도 어느 정도의 노력은 기울여야 한다.

그대 자신의 이성을 이용해라. 건전하고 성숙한 판단을 내릴 수 있도록 차분히 생각하고 모든 것을 주의 깊게 관찰하고 분석해라. 독단적인 주장이 균형 있는 이해를 방해하거나 그대의 행동을 잘못된 쪽으로 이끌게 하지 마라. 그대의 이성과 상담해라. 그렇다고 해서 그대의 이성이 항상 실수 없는 안내자가 될 거라는 뜻은 아니다. 인간의 이성에 오류가 없을 수는 없기 때문이다. 하지만 성서를 제외하고는 이성이 그대가 따를 수 있는 가장 오류가 적은 안내자다. 책과 사람들과의 대화가 이성에 도움을 줄 수 있다. 그러나 책이나 대화를 맹목적으로 믿거나 받아들여서는 안 된다. 책도 대화도 신이 우리를 바른길로 인도하기 위해 우리에게 준 이성의 법칙에 따라 이용해야 한다. 모든 수고 중에서 생각하는 수고를 거부해서는 안 된다.

질문을 해라. 가능한 한 많은 질문을 하고, 완전히 이해하기 전에는 질문하기를 그만두어서는 안 된다. 적절한 질문을 던지는 것은 질문을 받는 상대방에게 버릇없게 구는 것도 아니고 귀찮게 하는 것도 아니다. 오히려 그들의 지식을 은근히 칭찬하는 것이다. 그리고 사람들은 젊은이가 뭔가를 알고 싶어 하는 모습을 보면 그를 더 높이 평가하는 법이다.

공부를 할 때는 주의력을 가지고 체계적으로 해야 한다. 주의력이 없으면 어떤 노력도 헛되이 돌아갈 뿐이다. 한 가지 일을 하면서 다른 일을 생각하거나 아예 아무 생각도 하지 않는 것은 소인배나 하는 행동이다. 사람은 항상 자기가 하고 있는 일을 생각하고 거기에 몰두해야 한다. 학습을 할 때는 노는 생각을 해서는 안 되고, 놀 때는 공부를 생각하면 안 된다.

책을 기계적으로 읽기만 하지 말고 그 내용에 대해 깊이 생각해야 한다. 많은 사람이 책을 읽고 그 내용에 대해서는 나름대로 판단을 하지 않은 채 그저 기억하기만 한다. 머릿속을 체계적으로 채우기보다는 헛간처럼 만드는 것이다. 질서나 구분 없이 마구 쌓이기만 하는 이런 기억은 결국 조잡하고 형식 없는 혼돈이 되고 만다. 작가의 권위만을 믿고 모든 내용을 당연하게 받아들여서는 안 된다. 책에 쓰인 내용의 개연성과 정당성을 스스로 고찰하고 평가해야 한다. 한 가지 사실에 대해서 여러 작가의 견해를 조사해보고, 그것을 바탕으로 자기 의견을 수립해야 한다. 역사학자가 어떤 사건의 원인과 동기를 제시할 때, 작가가 제시한 원인과 동기를 사건의 관련 인물들 및 이해관계와 비교한 다음 일치하는지 판단해야 한다.

훌륭한 사람들이 하는 행동에도 비열하고 하찮은 동기가 있을 수 있다는 사실을 간과해서는 안 된다. 인간의 본성이란 너무나 다양하고 일관성이 없으며, 우리의 열정은 너무나 강렬하면서 쉽게 바뀌고, 우리의 의지는 자주 오르락내리락하며, 우리의 정신은 우리 몸의 영향을 많이 받아서, 모든 사람은 늘 일정하고 일관된 성격을 갖는 것이 아니라 그날그날 다른 존재가 되기 때문이다. 훌륭한 사람도 때로는 나쁜 짓을 하거나 쓸데없는 행동을 할 수 있고, 최악의 인간도 가끔은 좋은 일을 할 수도 있는 것이다.

하루 종일 공부를 했지만 막상 밤이 되어 생각해보면 자신이 아무것도 제대로 익히지 않았다는 것을 깨닫는 사람들이 적지 않다. 그들은 두세 시간 정도 기계적으로 책을 읽지만 내용에 집중하지 않는다. 따라서 머릿속에 남는 것이 없다. 그런 사람은 여럿이 모이는 자리에 가도 모여 있는 사람들이 어떤 사람들인지 관찰하지 않고, 대화의 주제에 주의를 기울이지도 않는다. 대신 그 모임과 관계없는 사소한 일에 대해 생각하거나 아예 아무 생각도 하지 않고 멍하니 앉아 있는다.

학업에 열중하는 만큼 즐거운 시간을 가질 때에도 그 시간에 열중하도록 해라. 자신이 놓여 있는 상황에 집중하지 않는다면 그 자리에 있을 까닭이 도대체 무엇이겠는가? 언제 어떤 상황에서든 그대가 하고 있는 일에 주의를 기울여 그 순간을 충분히 활용할 수 있도록 노력해라.

나는 그대가 학문이든 사업이든 매사에 일정한 방식과 원칙을 세워두고 일을 진행하기를 바란다. 체계적인 틀만큼 일을 쉽고 빠르게 할 수 있도록 도와주는 것은 없다. 어떤 일을 하든 질서를 정하고 체계를 잡아라. 그러면 그대가 상상할 수 없을 정도로 많은 시간을 절약하고 일을 더 훌륭히 해낼 수 있을 것이다. 이런 방식을 2주 동안만 따라보면 그 후로는 항상 이 방식대로 하게 될 것이다. 그렇게 하면 편리하고 이롭다는 것을 깨달을 것이기 때문이다.

일을 신속하게 처리하는 것은 비즈니스의 핵심이다. 그리고 체계적인 방법만큼 이 부분에 도움이 되는 것은 없다. 무슨 일을 하든 체계적인 방법을 적용하고, 예상치 못한 일이 발생하기 전까지는 그 방법을 고수해야 한다.

편지나 서류를 보관해야 한다면 분류를 하고 라벨을 붙여두어 나중에 언제든 쉽게 찾아볼 수 있도록 해라.

독서를 하는 데 있어서도 체계적인 방법을 이용하면 좋다. 예를 들어 많은 사람이 그러하듯 이 작가 저 작가의 책이나 이 주제 저 주제에 대한 책을 마구잡이로 읽기보다 일관성 있게 독서를 하는 것이다. 그리고 읽은 내용에 대해서는 간단히 메모를 해서 책의 내용을 기억하는 데 도움이 되도록 해라. 역사책을 읽을 때는 지도와 연대기를 곁에 두고 수시로 참고하도록 해라. 지도와 연대기의 도움을 받지 못한다면 역사는 혼란스런 사실들의 더미에 불과할 것이다.

마지막으로, 내가 방탕했던 시절에도 늘 지켰던 습관 한 가지를 추천하도록 하겠다. 그것은 매일 아침 같은 시각에 일어나는 것이다. 그 전날 아무리 늦게 잠자리에 들었다 하더라도 말이다. 그렇게 하면 적어도 한두 시간은 하루 일과가 시작되기 전에 조용히 책을 읽거나 사색을 할 수 있을 것이다.

시간

시간은 그것을 잘 사용하는 사람에게는 자유로운 친구다.
거실에서든 서재에서든 외진 골짜기에서든 즐겁게 대화를 나눌 때든
조용히 책을 읽을 때든 그 상황에 맞는 주제에 주의를 기울이는 사람에게는.

시간 활용이라는 주제는 그 중요성을 생각할 때 최대한 주의를 기울여야 하는 문제다. 대부분의 젊은이들 앞에는 많은 시간이 놓여 있다. 인생의 초반에 잘 활용한 한 시간은 그 후에 올 몇십 년보다 훨씬 더 유익할 수 있다. 지금 그대의 1분은 40년 후의 하루보다도 소중한 것이다.

무엇보다도 많은 사람이 주의를 기울이기에는 너무 짧은 시간이라고 생각하는 몇십 분, 몇 분을 신중하게 사용하도록 해라. 그런 짧은 시간이 1년쯤 모이면 상당한 양이 될 것이다.

예를 들어 약속이 있어서 어떤 장소에 12시까지 가야 한다고 하자. 그래서 11시에 집을 나서서 두세 곳을 먼저 들를 생각이다. 그런데 방문한 곳에 사람이 없어 남는 시간이 생겼다. 그러면 어떻게 하겠는가? 내게 좋은 생각이 있다. 커피숍에서 혼자 빈둥거리며 시간을 보내는 대신 집에 돌아와서 책을 집어 들어라. 그렇다고 해서 데카르트

그대 나이에는 게으를 권리가 없다.
오늘 할 일을 내일로 미루지 마라.

나 로크, 뉴턴 같은 학자들의 심오한 책을 읽으라는 게 아니다. 이성적으로 즐겁게 읽을 수 있는 호러스, 부알로, 라브뤼예르 등의 책을 읽어라. 이렇게 하면 시간을 낭비하지 않고 알차게 쓸 수 있다.

여가 시간에는 한 가지 일을 택해서 그 일에만 집중해라. 그다음에 다른 일을 추구해라. 분별 있는 사람은 시간을 최대한 활용하는 방법을 안다. 관심사를 위해서든 즐거움을 위해서든 자기가 하는 일에 모든 정성을 쏟아붓는다. 그는 결코 나태해지는 법 없이, 학업이든 오락이든 항상 무언가를 한다.

사람들과 함께 어울려 세상에 대해 배우면서 시간을 유용할 수 있다면, 그 시간을 진지한 독서를 하는 데 쓰도록 해라. 가치 있는 책을 한 권 골라서 다 읽을 때까지 그것만 읽어라. 한 번에 두 가지 이상의 일을 하려고 들지 마라. 책을 수박 겉핥기 식으로 읽어서는 안 된다. 내용을 완전히 이해하기 전에는 다음 장으로 넘어가지 말고, 주제를 완전히 이해하기 전에는 책을 덮지 마라.

많은 사람이 게으름을 피우다가 시간을 낭비한다. 의자에 기대고 앉아서 하품을 하면서 뭔가를 시작하기에는 시간이 충분치 않다고 한탄하고, 늘 다음에는 잘할 수 있을 거라고 말한다. 이것은 인간이 지닐 수 있는 가장 불행한 기질이고, 지식을 얻거나 비즈니스를 하는 데 있어서 가장 큰 방해물이다. 그대 나이에는 게으를 권리가 없다. 이 세상에 발을 들여놓은 지 얼마 되지 않았으니 열심히 움직여야 하고, 벌써 지쳐버려서는 안 된다. 품위 있는 태도를 지니고 싶다면 근면하게 노력해라. 오늘 할 일을 내일로 미루지 마라.

자신의 재산을 잘 관리하는 사람은 별로 없다. 하물며 시간을 잘 관리하고 사용하는 사람은 그보다 더 적다. 그러나 돈보다 중요한 것이 시간이다. 젊은이들은 자기 앞에는 시간이 무한정 있어서 흥청망청 낭비해도 여전히 많이 남아 있을 거라고 생각하는데, 완전한 착각이다.

많은 사람이 공부를 하거나 일을 하고 있지 않을 때는 즐거운 시간을 보내고 있다고 생각한다. 그러나 사실은 아무 일도 하지 않거나 잠을 자고 있는 경우가 많다. 그런 게으름은 습관이 되어 그들은 모든 속박과 주의로부터 자유로운 곳에만 간다. 절대로 그렇게 시간을 낭비하지 않도록 경계해야 한다. 생기 있는 즐거움을 느낄 수 있는 곳이나 학습을 통해 자신을 발전시킬 수 있는 곳에 가라. 그냥 빈둥거리며 시간을 허비해서는 안 된다. 그리고 모임에 가서는 지식을 확장하는 데 도움이 되거나 감각을 만족시켜주거나 교양 있는 태도의 본보기를 보여줄 수 있는 사람들하고만 어울려야 한다. 기지가 넘치고 존경할 만한 취향을 지닌 사람들이 모여 있는 곳에 자주 가고, 신분이 높으며 품위가 있어 다른 사람들로부터 존경과 주목을 받는 인사들의 모임에 참석해라.

존경할 만한 윗사람들과 어울리는 것만큼, 다시 말해서 끊임없이 사람들에게 주목하고 관심을 보여야 하는 상황에 익숙해지는 것만큼 젊은이를 훌륭하게 형성해주는 것은 없다. 처음에는 그런 상황이 별로 즐겁지 않을 것이다. 그러나 곧 습관이 되면 편해질 것이다. 그리고 그런 사람들과 어울림으로써 자신이 발전하는 것을 생각하면, 그것은 충분히 가치 있는 일이다.

모든 것에 호기심을 갖고 주의를 기울이고 질문을 해야 한다. 활기 없고 게으른 것은 누구든 비난받아 마땅한 일이지만, 그대 나이에는 비난받는 것을 넘어서서 용서받을 수 없는 일이다. 지금부터 3, 4년 간이 앞으로 그대 인생에 얼마나 소중하고 중요한 시간이 될지 생각해본다면 결코 낭비할 수 없을 것이다. 그렇다고 하루 종일 공부만 하라는 얘기는 아니다. 나는 결코 그대가 그러기를 원하지 않는다. 그러나 하루 종일 계속해서 무슨 일인가는 하고 있기를 바란다. 절대로 단 15분이라도 허투루 보내지는 마라. 그 시간이 1년 동안 모이면 아주 큰 시간이 될 것이다.

예를 들어 공부 시간과 놀이 시간 사이에 틈이 있을 것이다. 그때 가만히 앉아서 빈둥거리며 하품이나 하고 있지 말고 책을 집어 들고 읽어라. 시시한 책이어도 괜찮다. 만담집이라도 읽는 것이 아무것도 안 하는 것보다는 낫다. "동전을 잘 챙겨라. 지폐는 알아서 잘 챙겨지니까"라고 말한 사람이 있다. 상당히 타당한 말이다. 그대에게는 이렇게 말해주고 싶다.

"분을 잘 관리해라. 시간은 저절로 잘 관리될 테니까."

많은 사람이 분을 제대로 관리하지 않음으로써 하루에 두세 시간 정도를 잃어버리고 있다. 아무리 짧은 시간이라도 그냥 보내서는 안 된다. 무슨 일이든 해야 한다.

일을 일단 시작하면 중간에 멈추지 말고 한 번에 끝내라. 일을 가지고 장난을 하거나 빈둥거려서는 안 되며, '나중에 더 편할 때 해야지'

라고 생각하는 것은 잘못이다. 일을 하는 데 있어서 가장 편한 때는 처음 그 일을 시작했을 때다. 분별 있는 사람이라면 공부를 하고 일을 하기에 가장 적당한 때가 언제인지를 잘 알 것이다.

어떤 일이든 적당히 해서는 안 된다. 집중력을 가지고 모든 부분에 주의를 기울여야 한다. 일을 제대로 하지 못할 거면 아예 시작하지 않는 것이 낫다. 일을 하다가 어려움을 만나면 그것 때문에 단념하지 말고 더욱 강하고 근면해져야 한다. 첫 번째 방법이 실패한다면 두 번째, 세 번째 방법을 시도해라. 적극적으로 계속해서 노력하면 반드시 이겨낼 수 있을 것이다.

어디서든 시간을 절약하고 최대한 활용해야 한다. 사람들과 함께 있을 때는 유익한 화제로 대화를 이어가라. 아무런 정보도 주지 못하는 날씨나 옷차림, 실없는 소문에 대한 얘기보다는 역사적인 사실, 문학작품, 특정 국가의 관습 등이 훨씬 나은 이야깃거리다. 위대한 왕이나 위인들의 성격에 대해서 배울 수 있는 것은 대화를 통해서뿐이다. 그런 것은 책에 제대로 기록되어 있지 않으니 말이다. 그리고 그런 대화를 통해서 사람의 성격이라는 것이 그것을 묘사하는 사람에 따라 얼마나 다르게 얘기될 수 있는지를 관찰하는 기회도 가질 수 있을 것이다.

모든 것은 태도와 방법이 좌우한다. 어떤 얘기든 여러 가지 방법으로 말할 수 있다. 같은 내용이라도 자신감 있는 태도로 말할 수도 있고, 점잖게 비꼬듯이 말할 수도 있고, 위트 있게 말할 수도 있다. 세상에 대한 지식 가운데 중요한 한 가지는 언제 어디서 어떤 방식으로 말

긴 인생도 지식을
얻기에는 너무 짧다.

해야 하는지를 아는 것이다. 고상한 태도와 표정, 말씨가 거기에 큰 역할을 한다. 그래서 점잖은 사람이 사람들을 기분 좋게 해준 말도 어색한 태도를 지닌 사람이 뿌루퉁하고 심각한 얼굴로 하면 사람들을 놀라게 하거나 불쾌하게 만들 수 있다. 시인들은 미의 여신 비너스에게는 항상 그녀를 수행하는 매력, 우아함, 환희를 관장하는 세 여신이 있어, 그들이 없으면 빛을 제대로 발휘하지 못한다고 했다. 지혜의 여신인 미네르바에게도 3대 여신이 따랐으리라 생각한다. 그대의 말과 행동에도 그런 3대 여신이 함께해야 한다.

젊은 시절에 나를 발전시키는 데에도, 즐거움을 얻는 데에도 사용하지 않고 낭비해버린 시간을 생각하면 후회가 남는다.

만일 내가 지금 갖고 있는 경험을 그대로 가지고 젊은 날을 다시 살 수 있다면, 상상의 즐거움이 아니라 진정한 즐거움을 아는 삶을 살 것이다. 식사와 술의 즐거움을 즐기되, 지나치게 하지는 않을 것이다. 다른 사람들이 마음대로 행동하더라도 공식적으로 그들을 비난하지도 않을 것이다. 그러나 자신의 본질을 존중하지 않는 사람들의 기분을 맞춰주기 위해 결코 내 본질을 파괴하지는 않을 것이다. 그리고 나를 고통스럽게 하는 놀이가 아니라 즐겁게 해주는 놀이를 할 것이다. 다양한 사람들과 어울리겠지만, 큰돈을 걸고 도박을 하지는 않을 것이다. 그런 돈을 딴다고 해서 내가 나아지지도 않을 것이며, 만일 잃는다면 그 빚을 갚기 위해 큰 어려움에 처할 것이기 때문이다.

나는 내 시간을 책을 읽거나, 분별 있고 학식이 풍부하며 나보다 우수한 사람들과 어울리는 데 보낼 것이다. 그리고 상류사회의 남녀가 다양하게 섞여 있는 모임에서 사람들과 교류를 할 것이다. 그런 모임은 때로는 경박하지만 기분 전환을 해주기도 하기 때문이다. 사실 그런 모임에 참여하면 태도와 예의범절을 세련되게 가꿀 수 있으니 전혀 쓸모없는 것도 아니다.

모든 순간을 헛되이 낭비하지 않도록 조심해라. 긴 인생도 지식을 얻기에는 너무 짧다. 결국 모든 순간이 소중한 것이다.

검약

검약과 탐욕은 다르다. 검약은 존경할 만한 것이지만 탐욕은 부끄러운 것이다.
탐욕은 가난한 사람의 악덕이요, 검약은 부유한 왕의 미덕이다.

돈은 신중하게 관리해야 한다. 돈을 잘 관리한다는 것은 탐욕을 부리거나 낭비를 하지 않는 것이다. 그리고 남부끄럽지 않게 세상을 살아가는 데 있어서 반드시 필요한 기질이기도 하다.

빚에 쪼들리는 것만큼 불행한 일도 없다. 빚을 진 사람이 약속을 지키지 않으면 신용을 잃는 건 순식간이다. 돈을 빌려준 사람은 그 사람에 대해서 무슨 말이든 할 수 있는 권리를 갖게 되어 '정직하지 못한 사람'이라는 최악의 발언을 할 수도 있다.

경제관념이 없어 검약하지 않는다면 결국 쓸모없는 사람으로 전락하고 말 것이다. 낭비는 사람의 품위를 심각하게 떨어뜨린다. 분수에 맞지도 않고 쓰임새가 온당하지도 않은 소비로 사람들의 손가락질을 받는 것보다 더 수치스러운 상황이 있을까? 게다가 낭비벽은 보통 그렇게 손가락질당하는 것에서 끝나지도 않는다. 그것은 결국 그 사람과 그의 집안까지 파멸로 이끌기도 하는 것이다.

이런 사례는 체면을 차리느라 과소비를 일삼았던 사람들 중에서도 많이 찾아볼 수 있다. 불운 때문에 그런 상황에 처했다면 그들을 동정하겠지만, 낭비로써 스스로 불행을 불러들인 것이므로 동정할 필요도 없다.

검약하는 태도보다 사람의 부에 좋은 영향을 미치는 것은 없다. 부가 곧 권력이라는 사실을 잊어서는 안 된다.

쉴리 공작은 회고록에서 어려서부터 스스로 지켜온 검약한 생활태도만큼 자신이 출세하는 데 기여한 것은 없다고 말했다. 알뜰하게 생활한 덕에 그는 위급한 상황에 대비해서 늘 일정 액수의 돈을 가지고 있을 수 있었다고 했다.

어느 정도로 아껴 써야 할지를 정하는 것은 쉬운 일이 아니다. 그러나 낭비를 하는 것과 극도로 인색한 것 중에서 하나를 고르라면, 차라리 인색한 쪽이 낫다. 인색한 태도는 고칠 수 있지만 낭비하는 태도는 고치기 힘들기 때문이다.

아량이 넓다는 명성은 아주 쉽게 얻을 수 있다. 그것은 그 사람이 평소에 돈을 얼마나 많이 쓰느냐에 달려 있다기보다는, 써야 할 때 얼마나 잘 쓰는가에 달려 있다. 예를 들어 아랫사람에게 4실링을 주는 사람은 박하다는 소리를 듣지만, 1크라운(5실링짜리 은화)을 주는 사람은 후하다는 소리를 듣는다. 겨우 1실링 차이에 평가가 갈리는 것이다.

어리석은 사람은 인정도 못 받고 자신에게 이롭지도 않은 일에 돈을 흥청망청 쓴다. 하지만 분별 있는 사람은 시간을 잘 사용하는 것처럼 돈도 훌륭하게 잘 쓴다. 그는 1실링의 돈이든 1분의 시간이든 쓸모 있고 자신과 남들을 기쁘게 할 수 있는 일에 쓴다. 어리석은 사람은 쓸데없는 일에 돈을 다 써버리고 정작 써야 할 곳에는 돈을 쓰지 못한다. 무분별하게 돈을 쓰다가 어느 순간 정작 자신에게 필요한 것을 살 돈은 남아 있지 않음을 깨닫게 되는 것이다.

신경 써서 관리하지 않으면 아무리 돈이 많아도 필요한 데 쓸 돈이 부족하고, 체계적으로 관리하면 적은 돈으로도 만족스러운 소비를 할 수 있다. 가능한 한 물건을 살 때는 현금을 쓰도록 하고, 다른 사람을 시키지 말고 직접 돈을 지불하도록 해라. 그런 일에는 수고비를 줘야 하는 경우도 많으니까. 그리고 필요하지도 않으면서 값이 싸다는 이유로 물건을 사는 일은 없어야 한다. 낭비를 예방하기 위해 금전출납부를 만들어 수입과 지출을 기록하는 것도 좋다. 들어오는 돈과 나가는 돈을 항상 알고 있는 사람은 돈이 떨어져 전전긍긍하는 일은 없을 것이다.

사소하지만 중요한 습관들

지금까지 살아오면서 관찰한 바에 따르면, 그 자체로는 분명 사소한 것일지라도 한데 모여서 기분 좋은 결과를 낳는 경우가 있다. 여러 가지 색이 모여서 하나의 완전한 작품을 만드는 그림처럼 말이다.

식탁에서 품위 있는 태도를 지니는 것은 교양 있는 사람의 특성 중 하나다. 고기를 잘 써는 것은 별것 아닌 것 같아도 아주 유용한 기술이다. 고기를 잘 썰지 못하면 본인이 불편할 뿐 아니라 다른 사람들에게 우스꽝스럽고 불쾌한 사람으로 보일 수 있으므로 특별히 신경 써서 익혀두는 것이 좋다.

사람들에게 환영받기 위해서는 식탁에서의 행동에 주의를 기울여야 한다. 식사 중에 신체 일부를 손으로 긁거나 침을 뱉거나 코를 푸는 것은 대단히 무례하고 불쾌한 행동이다. 그리고 음식을 게걸스럽게 먹거나 식탁에 팔꿈치를 올려놓거나 접시가 다 치워지기 전에 이를 쑤시는 것도 반드시 피해야 하는 행동이다.

사람들이 권하거나 청하는 일을 예의 바르게 거절하는 방법 역시 꼭 알고 있어야 한다. 자기 의지는 없이 남들이 하자는 대로 따르는 젊은이를 성격이 좋다고 볼 수도 있지만, 사실 그는 아주 어리석은 사람이다. 정도 이상으로 술을 마실 것 같은 자리에 초대를 받는다면, 이렇게 말하면서 거절할 수 있을 것이다.

"저도 꼭 참석하고 싶지만 안 되겠네요. 저는 조금만 마셔도 취해 버려서 재미없거든요. 그러니 그냥 가지 않는 게 좋을 것 같습니다."

바람직하지 않은 행동을 공손하고 현명하게 거절하는 것은 젊은이에게 필요한 처세술이다. 철학적 말이나 설교 투로 거절해봐야 비웃음만 살 것이다.

저녁 식사에 초대를 받으면 가장 좋은 자리나 가장 좋은 음식을 차지하려고 해서는 안 된다. 그런 것을 누가 권해 오면 일단 사양하고 다른 사람들에게 양보해야 한다. 예외적인 경우라면 손윗사람이 어떤 음식을 권했을 때다. 그럴 때 사과나 변명 한마디 없이 호의를 받아들이지 않는 것은 무례한 행동이다. 예를 들어 식사에 초대한 윗사람이 식탁에 하나밖에 없는 음식을 권했을 때 그것을 옆자리에 있는 다른 사람에게 건네는 것은 그 음식을 권한 사람을 무시하는 행위이며 따라서 그를 언짢게 하는 것이다. 또 그대가 그 자리에 모인 사람들 중에 유일하게 처음 참석한 사람일 경우, "저는 그걸 받을 수 없을 것 같은데요"라며 의례적인 겸양을 떠는 것 역시 무례한 행동이다. 윗사람은 자신의 위치를 잘 알고 있고, 그 사람이 그대에게 그것을 줄 생각이 없었다면 애초에 권하지도 않았을 것이다. 따라서 이 경우 그런 호의를 거절하는 것은 그 사람을 그대와 동등한 위치로 여기는 셈이 된다. 마찬가지로 윗사람이 그대에게 먼저 안에 들어가라고 권하는데 빼는 것도 무례한 행동이다.

교양 있는 사람이 타인과 함께 있을 때 예의 바른 태도를 보여야 하는 상황은 끝도 없이 많다. 하품하지 않기, 콧노래 흥얼거리지 않기, 휘파람 불지 않기, 난로 쪽에 가서 열을 쏘이지 않기, 의자에 다리를 올려놓지 않기 등등.

글씨를 똑바로, 보기 좋게 쓰는 것 역시 교양 있는 사람이 갖춰야 할 덕목이다. 어린아이처럼 휘갈겨 쓰거나 알아보지 못하게 쓰면 안 된다. 그렇다고 해서 교장선생님처럼 너무 딱딱하게 격식을 갖춰서 쓰라는 얘기는 아니다. 읽기 좋게, 편안하면서도 단정하게 쓰면 된다. 그리고 빨리 쓸 수 있는 글씨체가 좋다. 또 글씨체뿐 아니라 글 자체를 문법적으로 올바르게, 품위 있고 고상하게 써야 한다. 뛰어난 작가들의 문체를 관찰하여 따라 쓰면서 연습해보는 것도 좋다. 또 한 가지, 글은 말을 하는 것처럼 자연스럽고 편안하게 써야 한다. 즉, 친구에게 보내는 편지라면 직접 그에게 말할 때와 같은 말투로 써야 한다.

세상에 처음 발을 들여놓는 젊은이가 가장 두려워하고 경계해야 할 일은 사람들에게 좋지 않은 첫인상을 남기는 것이다. 아무리 합리적인 사람일지라도 놀림거리를 지니고 있으면 저평가되게 마련이다. 그리고 그로 인해 생긴 별명 때문에 인생을 망치는 사람들도 많다. 별명은 보통 태도나 몸가짐, 말씨 등의 작은 결점에서 생긴다. 몸가짐이 경박하다거나 우스꽝스럽다거나 말이 어눌하다거나 해서 별명을 얻게 되면 그대가 짐작하는 것보다 훨씬 큰 타격을 입게 된다. 그러므로 그런 사소한 결점을 갖지 않도록 해야 한다.(조금만 신경 쓰면 쉽게 피할 수 있는 것들이다.)

쾌락과 즐거움을 추구할 때도 품위를 잃어서는 안 된다. 교양인이라면 식사할 때 게걸스럽게 먹지 않되 맛을 충분히 즐길 줄 알아야 하고, 술을 즐기되 술에 취해서는 안 되며, 게임을 할 수는 있지만 노름꾼이 돼서는 안 된다. 모든 미덕에는 그와 친척 관계에 있는 악덕이 있고, 모든 쾌락에는 그에 이웃하는 불명예스러운 행동이 있다. 중용을 지키는 것은 교양인의 특징이다. 무엇이든 넘치려 할 때는 절제를 통해 스스로를 다스릴 수 있어야 한다. 지금 그대가 누리는 쾌락이 나중에 어떤 결과를 가져올지 생각해보고, 어느 쪽을 선택할지 현명하게 결정하기 바란다.

비밀을 지키는 것 역시 교양 있는 사람의 덕목이다. 어떤 곳에서 보거나 들은 것을 다른 곳에 가서 말하면 안 된다. 별로 중요하지 않던 일도 자꾸 사람들 입에 오르내리다 보면 생각보다 훨씬 심각한 결과를 낳을 수 있다. 대화에는 그 자리에서 얘기한 것을 다른 곳에 가서 말하지 않는다는 암묵적인 약속이 있다. 다른 곳에 말을 옮기고 다닌다는 것이 밝혀지면 그 사람은 모임에서 제외될 것이며, 모두가 그와 얘기하는 것을 꺼리게 될 것이다.

사람들과 함께 있으면서 시계를 들여다보는 것 역시 교양 없는 행동이다. 집에 손님을 초대해놓고 시계를 보는 것은 사람들이 어서 가주기를 바라는 행동처럼 보일 수 있고, 모임에 나가서 시계를 보는 것

서두르는 것은 일을 그르치는
가장 확실한 방법이다.

은 너무 지루해 빨리 자리를 뜨고 싶어 하는 것처럼 보일 수 있다. 시간을 알고 싶다면 다른 방으로 가서 그곳의 시계를 보아라.

무엇보다도 조심하라고 강조하고 싶은 것은 서두르지 말라는 것이다. 분별 있는 사람은 일을 신속하게 처리하되 허둥대며 서두르지 않는다. 서두르는 것은 일을 그르치는 가장 확실한 방법이다. 허둥댄다는 것은 그 사람이 하고 있는 일이 그에게 버겁다는 증거이고, 그가 대범하지 못한 소인배라는 증거이기도 하다. 그런 사람은 한 번에 모든 일을 하고 싶어 하지만, 사실은 한 가지도 제대로 하지 못한다. 무슨 일을 하든 침착하고 안정된 자세로 해야 한다. 서두르다가 일 전체를 망치기보다는 절반이라도 제대로 하고 나머지 절반은 나중에 하는 것이 차라리 낫다.

잘못된 겸손으로 인해 많은 젊은이가 사교적인 태도는 자신에게 어울리지 않는다고 생각하는 경향이 있다. 물론 주제넘게 나서는 것은 젊은이로서 적절하지 않은 행동이지만, 평상시에 자연스럽고 편하게 사람들을 만나는 상황에서는 사교성을 발휘해야 한다. 적당한 사교성과 친근감은 살아가는 데 있어서 반드시 필요한 것이다. 공적인 자리에서보다 사적인 자리에서 친밀한 관계를 구축할 수 있기 때문이다. 그러려면 공손하고 친절하며 편안한 태도가 늘 몸에 배어 있어야 한다.

새로운 사람을 알게 될 때는 예전부터 알아온 사람들을 등한시하지 않도록 주의해야 한다. 새로운 친구가 생겼다고 해서 예전의 친구들에게 신경을 쓰지 않는 것은 절대로 용서받지 못할 행동이다. 옛 친구들을 예전만큼 자주 보지 못한다 해도, 상대로 하여금 그대가 그들을 무시하기 때문이라고 생각하게 해서는 안 된다. 되도록 자주 예전 친구들에게 연락을 해라. 비록 오랜 시간 함께 있지는 못하더라도 틈틈이 찾아가서 만나라. 친구는 가능한 한 많이 만들고 적은 가능한 한 만들지 않는 것이 그대에게 이롭다는 진리를 결코 잊지 마라. 여기서 친구라 함은 믿을 수 있는 진정한 친구를 가리키는 것이 아니라, 그대에 대해 좋은 말을 하고, 그대에게 지속적인 관심을 보이며, 그대에게 해를 입히기보다는 도움이 되는 사람들을 일컫는다.

교양 있는 사람으로서 갖춰야 할 또 하나의 덕목은 호의를 베풀 때 품위 있고 고상하게 하는 것이다. 친절한 행동을 하면서도 방법이 서툴러서 상대방의 기분을 나쁘게 할 수 있고, 반대로 좋지 않은 행동도 상대를 기분 좋게 할 수 있다는 것을 기억해라.

사람들과 모여 있을 때 나누는 잡담 중에 도움이 되는 잡담도 있다. 여기서 잡담은 중요하지 않은 일에 대해 얘기하는 것을 말한다. 음식, 포도주의 향, 그날 일어난 사소한 일 등이 잡담의 주제가 될 수 있다. 그런 대화는 때로는 언쟁을 불러일으키기도 하는 심각한 주제를 피할 수 있게 해준다.

함께 모여 있는 사람을 희생시키면서 농담을 해서는 안 된다. 사람들을 웃기기 위해, 혹은 자신이 우월하다는 것을 보이기 위해 그 사람이 지닌 결점이나 약점을 들어 비웃지 말라는 말이다. 모든 사람은 결점을 지니고 있고, 특별히 좋아하고 싫어하는 게 있게 마련이다. 그런 점을 가지고 사람을 비웃는 것처럼 상대방을 심하게 모욕하는 일도 없다. 당장은 사람들이 그대의 말을 듣고 함께 웃을지 몰라도, 비웃음의 대상이 되었던 사람이나 그대와 함께 웃었던 사람들은 그대를 경멸하게 될 것이다. 반면에 상대방이 좋아하는 것을 구해주고 상대방이 싫어하는 것을 치워준다면, 그는 그대가 자기에게 관심을 갖고 있다는 것을 알게 될 것이고, 그대는 그대의 편을 하나 만들 수 있을 것이다.

재치가 있다면 사람에게 상처를 주기 위해서가 아니라 기쁘게 해주기 위해서 사용하도록 해라. 즉, 다른 사람들의 결점과 잘못은 못 본 척해라. 나는 악한들을 혐오하고 바보들을 불쌍히 여긴다. 그러나 그들에게 그런 나의 생각을 알게 하지는 않을 것이다. 일부러 적을 만들 필요는 없으니까. 그대에게 기분 좋은 일은 남들도 기분 좋게 할 것이다. 그 원칙에 따라 행동해라.

여러 사람이 모여 있는 자리에서 귓속말을 하는 것 역시 교양 없는 행동이다. 그런 행동은, 귓속말을 듣는 대상이 아닌 다른 사람들은 믿을 만한 사람이 못 된다는 것을 암시하는 행동이며, 그들로 하여금 자신의 험담을 한다고 생각하게 만들 수 있다. 어떤 쪽이든 좋을 게 없으니 사람들 앞에서 귓속말은 절대 하지 마라.

사람들과 함께 있는 자리에서 편지를 꺼내서 읽거나 손톱을 다듬는 것 역시 무례한 행동이다. 그런 행동은 사람들과 나누는 대화가 지겨워서 시간을 보낼 수 있는 다른 오락을 하고 싶어 한다는 인상을 줄 것이다.

콧노래를 부르거나 손가락으로 탁자를 두드리거나 발을 굴러서 소리를 내는 것도 모두 교양 없는 행동으로, 그 자리에 있는 사람들을 무시한다는 의미가 된다. 따라서 절대로 그런 행동을 해서는 안 된다.

거리에서 빠른 속도로 걸어 다니는 것은 시간적 여유가 없다는 것을 나타내며, 경박한 느낌을 준다. 기계공이나 상인에게는 빠른 걸음이 어울릴지 모르지만, 상류사회 사람에게 그런 걸음걸이는 어울리지 않는다.

사람의 얼굴을 빤히 쳐다보는 것 역시 교양 없는 행동이다. 마치 뭐라도 묻은 듯이 얼굴을 똑바로 응시하는 행위는 상대방을 비난하는 것으로 보일 수도 있다.

식사를 너무 빠른 속도로 하거나 너무 느리게 하는 것도 저급한 사람들의 특징이다. 너무 빨리 먹으면 가난해서 밥을 제대로 먹어보지 못했다는 인상을 줄 것이고, 너무 천천히 먹으면 음식이 맛이 없거나 그 자리가 재미없다는 인상을 줄 것이다.

아무 데나 침을 뱉는 것은 불쾌하고 추잡한 행동이고, 교양 있는 사람에게는 충격적인 행동이다.

혀를 내밀거나 손가락을 뚝뚝 꺾거나 손을 비비거나 큰 소리로 한숨을 쉬는 등의 이상한 습관은 절대로 지녀서는 안 된다. 이런 행동은 하층민들이 흔히 하는 행동이며, 교양인의 품위를 떨어뜨리는 행동이다.

예의 바른 행동은 한 나라 안에서 통용되는 화폐와도 같다. 그 나라 안에서는 모든 목적에 쓰일 수 있지만, 외국으로 나가면 아무 쓸모가 없어진다. 진정 교양 있는 사람은 한 나라의 독자적인 특성을 언제 중요하게 여겨야 하고 언제 무시해도 되는지를 잘 안다. 현명한 사람은 어느 곳에 가든 공손하고 예의 바르게 행동하지만, 어리석은 자는 자기 집 안에서만 예의를 지킨다.

이상의 세부적인 지시 사항들에 대한 결론으로, 다음의 격언을 기억해두자.

"깊이 있는 학식이라도 교양이 동반되지 않는다면 환영받지 못할 것이고, 지루한 현학에 불과할 것이다. 그리고 그런 학식은 자기 방을 벗어나면 아무 쓸모가 없어진다."

교양을 갖추지 못한 사람은 좋은 사람들과 어울리기에 적합하지 않고, 환영받지도 못한다. 그러다 보면 자연히 혼자 있게 된다. 하지만 그보다 더 나쁜 것은 수준 낮고 저급한 사람들과 어울리는 것이다.

교양 없는 사람은 사람들과의 교제에서만이 아니라 일을 함께하기에도 적합하지 않다.

대화

지금까지 훌륭한 사람들 사이에서 환영받는 방법을 구체적으로 소개했다. 이제 그런 훌륭한 사람들과 함께 대화를 할 때 지켜야 할 몇 가지 법칙을 소개하도록 하겠다.

먼저 사람들과 대화를 나눌 때는 이야기를 한 번에 길게 하지 말고 짤막하게 끊어가며 하도록 해라. 혼자서 너무 오랫동안 떠들면 함께 대화하는 사람들은 지쳐버릴 것이다. 아무리 입담이 좋더라도 듣는 사람의 관심을 계속 붙잡아둘 수 있을 정도로 말을 재미있게 잘하는 사람은 별로 없다.

사람들과 모여 있을 때는 대화의 주제에 적합하면서도 길이가 짧은 이야기가 아니라면 말을 꺼내지 않도록 해라. 얘기를 할 때는 가능한 한 간결하게 하고, 했던 이야기를 반복해서 하는 것은 절대 피해야 한다. 그리고 그대가 하는 이야기 속에 재치 있는 표현이 들어 있더라도, 스스로 웃지 않도록 해라. 얘기를 할 때 길고 지루하게 묘사하는 것처럼 따분한 건 없고, 자기가 얘기해놓고 자기가 웃는 것처럼 우스꽝스러운 행동도 없다.

말이 옆길로 새는 것 또한 경계해야 한다. 예를 들어 "지금 제가 말하려고 하는 사람은 토머스 경의 아들인데요, 토머스 경 아시죠? 할리 거리에 사시는 분인데, 다들 아실 거예요. 그분 동생 말이 경마에서 우승을 했었잖아요!" 이런 군더더기는 붙이지 않아도 된다.

사람들 중에는 듣는 사람으로 하여금 자기 말에 집중하게 만들기 위해서 상대의 옷이나 손을 붙잡는 사람이 있다. 자기가 하는 얘기가 지루하다는 것을 본인도 알고 있다는 뜻이다. 절대로 그런 행동을 해서는 안 된다. 상대방이 얘기를 듣고 싶어 하지 않는 것 같으면 중간에라도 이야기를 멈춰라. 대화를 하면서 상대방을 지루하게 만들면 그 사람은 다시는 그대의 이야기를 들으려 하지 않을 것이다.

또 어떤 사람은 얘기를 하면서 상대방의 몸을 손으로 툭툭 친다. 그리고 말끝마다 "내가 잘한 거죠?", "그렇게 된 거예요!", "당신 생각은 어때요?"와 같은 말을 덧붙인다. 그런가 하면 팔꿈치로 상대방을 찌르는 사람도 있다. 절대로, 어떤 일이 있어도 이런 행동은 해서는 안 된다. 그런 교양 없는 행동을 하면 사람들은 그대를 기피하게 될 것이다.

말이 많은 사람은 흔히 그 자리에 모여 있는 사람들 중에서 한 사람을 목표로 선택한다. 보통 가장 말이 없는 사람이나 운 나쁘게도 바로 옆자리에 앉은 사람이 그 대상이 된다. 그는 목표물이 된 사람에게 반쯤 속삭이는 목소리로 30분쯤 쉬지 않고 주절거린다. 이는 대단히 몰

상식하고 무례한 행동이다. 그대가 그런 행동을 해서는 안 되겠지만, 만일 그렇게 무자비하게 말 많은 사람이 그대를 공격해 올 경우, 인내심을 가지고 들어주는 친절을 베풀어라. 적어도 듣는 척이라도 하는 게 좋다. 사람이 이야기를 하고 있는데 자리를 뜨거나 지루해서 못 참겠다는 티를 내는 것처럼 큰 상처를 주는 일은 없으니 말이다.

쉬지 않고 이야기하는 사람과는 정말이지 함께 있고 싶지 않다. 함께 모여 이야기를 나누는 사람들은 모두가 똑같이 대화에 참여할 권리가 있다. 그런데도 혼자서만 이야기를 독점하여 다른 사람이 말할 권리를 빼앗는 것은 부당한 행동일 뿐 아니라, 누구도 자기만큼 주제에 대해 잘 얘기하지 못할 거라고 암묵적으로 선언하는 것이나 마찬가지다. 이보다 더 무례한 행동이 있을까?

또한 누군가가 말을 천천히 한다고 해서 그 사람 말을 거들거나 앞질러서 그가 하려는 말을 먼저 해서는 안 된다. 마치 그 사람은 말을 잘 못하고 표현력이 부족하기 때문에 자기의 도움이 필요하다는 듯이 말이다. 다른 사람의 말을 함부로 가로채는 것은 건방져 보일 수 있으니 절대 그러는 일이 없도록 해라.

하는 말마다 언쟁으로 만들고 누가 얘기를 꺼내면 일단 반대하고 보는 사람은 비뚤어진 성격을 온몸으로 드러내는 것이다. 사람들에게 호감을 주고 싶다면 다음과 같은 말은 삼가야 한다. "그럴 리가 없어요", "글쎄요, 그건 아닌 것 같은데……", "정 그렇게 말씀하신다면 그렇다고 해두죠" 등등. 그렇게 간접적으로 상대방이 한 말의 정확성을 문제 삼는 것은 그 사람을 거짓말쟁이로 몰아가는 것이나 마찬가

상대방이 원하지도 않는데
충고를 하는 것은 무례한 행동이다.

지다.

그리고 사소한 주장에 이르기까지 그 사실 여부에 대해 내기를 제안하는 사람이 있는데, 이는 상대방을 굉장히 불쾌하게 만들 수 있다. 별로 중요하지 않은 문제에 대해서는 다른 사람들의 의견을 잘 들어주고, 공손하게 그대의 생각을 보태도록 해라. 그런 중요하지 않은 문제에서 이겨봐야 친구를 잃기밖에 더 하겠는가?

상대방이 원하지도 않는데 충고를 하는 것 역시 무례한 행동이다. 그것은 상대방보다 자신이 더 똑똑하고 현명하며 경험이 많다고 주장하는 것이나 마찬가지다. 그런데 그런 충고를 상대가 받아들이지 않으면 불쾌해하는 사람들이 있다.

"저런 사람은 충고를 해줄 필요도 없다니까요! 내가 조언을 해줘도 듣질 않아요."

자신의 충고가 마치 진리라도 되는 듯이 젠체하는 모습이라니 역겹기 그지없다.

무뚝뚝하고 퉁명하게 말하는 것 역시 좋지 않은 태도다. 예를 들어 누군가가 "○○ 씨가 당신한테 안부 전해달라더군요"라고 말을 했을 때 "그 사람이 나와 대체 무슨 상관이랍니까?"라고 답하거나 "내 안부가 궁금하면 와서 내 맥박이라도 짚어보라고 하세요"라고 말하는 식이다. 원래 태도가 그렇든 일부러 그러는 것이든 이는 대단히 모욕적인 언사다. 이런 사람은 어느 곳에서도 환영받지 못하며 계속 이런 식으로 나가다 보면 결국 다른 사람들로부터 따돌림과 멸시를 받게 될 것이다.

함께 대화를 나누는 사람에 따라 이야기의 주제가 달라져야 하는 건 당연한 일이다. 상대가 연장자이든 아랫사람이든, 군인이든 성직자이든 철학자이든, 아니면 여성이든 남성이든 구분하지 않고 똑같은 주제를 똑같은 방식으로 얘기해서는 안 되는 것이다. 상대에 맞는 주제와 분위기를 선택해 심각한 사람과는 심각하게, 즐거운 사람과는 즐겁게, 가벼운 사람과는 역시 가볍게 대화해야 한다.

사람들에게 말해서는 안 되는 무례한 표현이 있다. "제 말을 이해하지 못하시는군요", "그게 아니죠!", "잘 모르시나 본데……" 등등. 그런 말은 "제 설명이 좀 부족했던 것 같네요. 다시 말씀해드리겠습니다"라고 말하는 게 훨씬 낫지 않을까? 상대방이 잘못을 한 경우라도 그 사람에게 변명할 구실을 만들어주고, 상대방이 이해하지 못한 거라고 비난하기보다는 쌍방의 실수인 것으로 표현하는 것이 공손하고도 기분 좋은 대화법이다.

누군가가 그대에게 한 약속을 지키지 않은 경우에도 대놓고 비난해서는 안 된다. "그 약속은 생각도 안 했죠?"라고 하거나 "당신은 자기가 한 말에 별로 신경을 쓰지 않는군요"라고 말하기보다는, "너무 바빠서 깜빡하셨나 보네요"라고 말하는 게 낫다. 전자처럼 말하면 상대를 화나게 할 수 있고, 자칫하면 싸움으로 이어질 수도 있다.

또 하나 주의해야 할 것은 음울하고 속을 알 수 없는 인물처럼 보이지 않도록 하는 것이다. 그런 모습을 지니면 의심스런 사람으로 찍힐 수가 있는데, 그렇게 되면 남들에게 호감을 줄 수 없다. 수수께끼 같고 말수가 적은 사람으로 보이면 상대방도 그대 앞에서 그렇게 행동할 것이고, 그러면 두 사람 관계는 발전할 수 없을 것이다. 실제로는 말수가 적고 수줍음을 타더라도 겉으로는 그렇게 보이지 않도록 해라. 단, 명랑하게 말을 잘하는 것처럼 보이기 위해 일부러 속에 있는 말까지 끌어낼 필요는 없다. 사실 그대가 만나는 사람들 중 열에 아홉은 그대가 한 경솔하거나 부주의한 말을 자신에게 유리하게 이용할 것이다. 그러므로 신중하게 할 말, 못할 말을 가려 할 줄 알아야 한다. 지나친 솔직함은 그대 자신에게는 물론 다른 사람들까지도 상처를 입힐 수 있기 때문이다.

사람들이 흔히 하는 잘못 중에 그대는 반드시 피했으면 하는 것이 있다. 의견을 물어봤을 때 자신 없이 머뭇거리며 소심하게 대답을 하는 것이다. 특히 아는 것이 많다고 알려져 있는 사람이 종종 그런 모습을 보인다. 그는 "제가 그 문제에 대해 여러분이 기대하시는 만큼 잘 얘기하지 못하더라도 용서하세요"라고 하거나 "제가 능력이 모자라 제대로 알고 있는 것인지 모르겠지만, 감히 말씀드리자면……" 혹은 "제 얘기를 하는 게 두렵지만, 여러분이 시키시니까 한번 해볼게요"라고 말한다. 이렇게 주저리주저리 틀에 박힌 겸손을 한차례 떨어주고 본론에 들어가는 말은 듣는 사람으로 하여금 짜증을 느끼게 한다.

말을 할 때는 항상 상대방의 얼굴을 보아라. 그러지 않으면 상대는 그대가 뭔가 잘못한 게 있거나 감추는 게 있다고 생각할 수 있다. 또한 얼굴을 보지 않으면 그대가 한 말에 대해 상대가 어떻게 느끼는지 관찰할 수 있는 기회도 놓치게 된다. 사람의 생각은 말보다 표정을 통해 더 잘 유추할 수 있다. 말은 마음먹은 대로 할 수 있지만 표정은 대개 의도한 대로 짓기가 힘들기 때문이다.

누군가에게 말을 했는데 상대가 그대의 말을 듣지 못해서 다시 말해야 하는 경우, 목소리를 높이지 마라. 그러면 두 번 말을 해야 한다는 사실에 화가 난 것처럼 보일 수 있다. 사실 그것은 그대의 목소리가 작아서라기보다는 상대방이 주의를 기울이지 않아서인 경우가 많다. 두 번째 말에 대해서는 상대방도 귀를 쫑긋 세울 테니 너그러운 마음으로 또박또박 말해주어라.

그리고 걸핏하면 맹세를 하는 것도 피해야 한다. 말을 할 때 수시로 맹세를 하는 사람은 교양인이라고 보기 힘들다. 교육을 별로 받지 못한 사람들이 보통 그런 습관을 가지고 있고, 그런 사람은 환영받기 힘들다.

다른 사람에 대한 추문이나 비방의 말은 하지도 말고 듣지도 마라. 남에 대해 비방을 하면 그 사람에게 지닌 적의를 만족시킬 수는 있을지 모르나 그런 행동은 틀림없이 그대에게 부정적인 결과를 안겨줄 것이다. 그대가 늘어놓은 험담의 청자가 된 상대는 그대의 성품을 의심하게 될 것이고, 결국 그대의 평판은 나빠질 것이다. 게다가 사람들은 험담을 자주 하는 사람을 피하게 마련이다. 이 사람이 언제 자신에 대한 험담을 늘어놓을지 모른다고 생각하기 때문이다. 또한 남들이 얘기해주는 누군가의 험담을 듣는 것 역시 옳지 못한 행동이다. 듣는 사람이 없다면 그 말을 하는 사람도 없을 것이기 때문이다. 험담을 유도하는 사람은 그것을 말하는 사람만큼 나쁘다고 할 수 있다. 그러므

추문이나 비방의 말이 오가는 자리에는
절대 모습을 나타내지 않도록 해라.

로 추문이나 비방의 말이 오가는 자리에는 절대 모습을 나타내지 않
도록 해라.

남을 흉내 내며 비웃는 것은 소인배나 즐겨 하는 행동이다. 그런 행
동을 하지 말고, 남들이 그런 행동을 하도록 부추기지도 마라. 어떤
사람을 흉내 낸다는 것은 그 사람을 모욕하는 짓이다. 그리고 앞에서
여러 번 말했듯이 남을 모욕하는 행위는 결코 용서받을 수 없다.

그대의 집안 애기나 다른 사람들의 집안 애기는 하지 마라. 그대의
집안 애기를 하면 경박한 사람으로 보일 수 있고, 다른 사람들의 집안
애기를 하면 주제넘은 사람으로 여겨질 수 있다. 그대 자신에 대한 애
기는 남들에게는 아무 의미도 없기에 그들은 그대의 애기를 들으며
지루하다고 느낄지도 모른다. 물론 비밀이 지켜지지도 않을 것이다.
그리고 다른 사람들의 문제가 그대에게 어떤 의미가 있는가? 자신과
관계없는 이야기를 하다 보면 실수를 하게 된다. 어쩌다가 남들의 민
감한 부분을 건드리면 그 사람은 그대를 좋게 생각하지 않게 될 것이
다. 여러 사람이 모인 자리에서는 특정한 사람이나 그대 자신에 대한
이야기를 하기보다 보편적인 주제에 대해 애기하는 게 좋다.

어떤 사람은 아무렇지도 않게 불쑥 자신에게 유리한 말을 한다. 아
주 뻔뻔한 모습이다. 또 어떤 사람은 좀 더 교묘하게 자기 자랑을 한
다. 자신이 지닌 미덕을 과시하고 스스로를 정당화하기 위해서 들은
적도 없는 자신에 대한 비방을 꾸며내서 불평하는 것이다. 그는 그런
이야기를 하는 것이 이상하게 보일 수 있다는 것은 인정하지만, 그런
부당하고 터무니없는 비난을 받지 않았다면 그런 말도 하지 않았을

거라고 변명한다.

이런 바람직하지 않은 행동을 피하는 확실한 방법은, 앞서 말했듯 자기 자신에 대한 이야기를 전혀 하지 않는 것이다. 그러나 어쩔 수 없이 자신에 대한 이야기를 해야 할 때는 직접적으로든 간접적으로든 박수를 유도하는 거라고 해석될 수 있는 말은 단 한 마디도 하지 마라. 그대 성격이 어떠하든, 그대가 어떤 장점을 지녔든 그대가 말하지 않아도 사람들은 다 알게 된다. 그대의 말을 듣고 그대에 대한 생각을 고칠 사람은 없다. 그대가 하는 말이 그대의 결점을 가려주거나 그대의 장점을 더 빛나게 해줄 거라고 기대하지 마라. 오히려 결점은 더욱 부각되고 장점은 흐려지기 쉽다. 그대 자신의 이야기를 하지 않는다면, 질투도 분노도 비웃음도 사지 않을 것이다. 그러나 그대가 어떤 식으로든 스스로를 찬양하는 말을 하면, 아무리 교묘하게 하더라도 결국 그대가 의도한 목표를 이루기는커녕 그대에게 좋지 않은 영향을 미칠 것이다.

여러 사람이 모여 있는 자리에서는 가능한 한 논쟁적인 대화는 피해라. 논쟁은 종종 쌍방이 서로에 대해 한동안 안 좋은 감정을 갖게 되는 것으로 끝나곤 하기 때문이다. 논쟁이 심해지는 것 같으면 재치 있는 말로 분위기를 전환하도록 해라.

교양 없는 사람이 어쩌다 수준 있는 사람들 사이에 섞이면 자신이 모든 대화의 주제가 된다고 착각하곤 한다. 누군가가 속삭이며 말을 하면 자신에 대한 얘기를 하는 것이라 생각하고, 사람들이 웃으면 자신을 보고 웃는다고 생각한다. 그리고 자기가 이해하지 못하는 얘기를 하면 일부러 자신이 알아듣지 못하게 하려고 그러는 거라고 생각한다. 그러나 교양 있고 균형감 있는 사고를 지닌 사람은 상대방의 말이나 행동이 너무나 명확해서 오해할 수밖에 없는 상황이 아닌 이상 사람들이 자신을 얕보거나 비웃는다고 생각하지 않는다. 그런 사람은 아주 친근해서 농담을 주고받을 정도의 사이가 아니라면 서로를 비웃지도, 놀리지도 않기 때문에 만에 하나 경박한 사람에 의해 그런 일을 당한다 해도 대꾸를 하기보다는 무시해버린다.

예전에 들었던 이야기든 아니든, 다른 사람이 말하고 있을 때는 끼어들지 않는 것이 예의다. 어떤 사람은 자기가 얘기를 재미있게 한다고 생각하기 때문에 말을 하고 싶어 하고, 또 어떤 사람은 자기가 어떤 이야기를 처음으로 전한다는 사실에 자부심을 느낀다. 그리고 어떤 사람은 자기가 한 얘기를 남들이 믿어주는 데 기뻐한다. 그런 사람들을 실망시켜서는 안 된다. 앞에서도 말했듯이, 공손하고 예의 바른 사람이 타인의 호감을 얻는다. 잠깐만 주의를 기울이면 다른 사람을 기쁘게 할 수 있는데, 그런 기쁨을 빼앗을 이유가 있겠는가?

질문하는 것을 부끄러워하지 마라. 질문을 통해 무언가 배울 수 있다면 말이다. 질문을 할 때는 우선 양해를 구해라. 그러면 건방지거나 무례한 사람으로 여겨지지 않을 것이다. 양해를 구하지 않은 채 갑작스럽게 질문을 하는 것은 경솔한 행동이다. 상대로부터 얻고 싶은 정보가 있을 때 그것을 효과적으로 이끌어내는 방법이 있다. 그대가 알고 싶은 것에 대해 알고 있는 대로 얘기하는 것이다. 그러면 나서기 좋아하는 사람이 바로잡아 줄 것이다. 어떠어떠하다고 들었다고 하거나, 그대가 실제 알고 있는 것보다 더 많이 아는 것처럼 말하면, 직접 질문을 할 때는 얻지 못했을 정보를 얻을 수 있다. 직접 질문을 던지면 사람들은 흔히 경계를 하기 때문이다.

절대로 다른 사람을 비난하지 마라. 비난은 적을 만들 뿐이다. 그리고 특정 집단을 묶어서 비난해서도 안 된다. 변호사든 군인이든 성직자든 일반 시민이든, 직업이나 신분을 불문하고 좋은 사람과 나쁜 사람이 있게 마련이다. 그들의 열정은 같으나 어떻게 성장했느냐에 따라 태도가 다르다. 이런 이유로, 그들을 하나로 묶어서 공격하는 것은 부당하다. 많은 젊은이가 성직자들을 비난하면서 스스로가 똑똑하다고 생각한다. 성직자가 다른 사람들과 다를 게 뭔가? 검은색 가운을 입는다고 해서 사람의 성격이 달라지기라도 하나? 사람의 성별이나 직업, 직함을 통해서가 아니라 개개인을 직접 알고 나서 판단하도록 해라.

교양을 갖추지 못한 사람은 그렇게 하면 고상해 보일까 싶어서 속담이나 진부한 격언을 걸핏하면 사용한다. 그는 "사람들은 취향이 모두 다르다"라는 얘기를 하고 싶을 때 "A의 약이 B에게는 독이 될 수 있지"라고 말한다. 또한 그런 사람은 때에 따라 즐겨 쓰는 단어나 표현이 있어서, 적절하지 않은 상황에서도 그 단어나 표현을 남발한다. 교양 있는 사람은 속담이나 흔해빠진 경구를 인용하지도 않고, 욕을 하지도 않으며, 거친 말투를 쓰지도, 특정한 단어를 남발하지도 않는다. 문법에 맞는 말을 하고 정확하게 발음하기 위해 항상 노력한다. 그리고 훌륭한 사람들과 함께 어울리면서 그런 말씨와 어법은 더욱 확고히 자리 잡는다.

　무지한 사람들의 대화는 대화라고 하기도 어렵고, 정보도 즐거움도 만들어내지 못한다. 그들은 아는 것도 별로 없고 취미도 무미건조해서 대화를 이어나갈 만한 소재도 없다.

　그러므로 대화와 관련하여 그대에게 무엇보다 권하고 싶은 것은 가능한 한 많은 지식을 쌓으라는 것이다. 젊었을 때는 지식을 활용할 기회가 그리 많지 않을지 몰라도, 언젠가 지식이 그대를 지탱해줄 날이 올 것이다.

　사람들이 모인 집단은 일종의 공화국으로, 그들은 독재자의 횡포를 참지 못한다. 그리고 다른 공화국들과 마찬가지로 그 집단 안에서도 모임을 통치하는 사람이 분명 있다. 그러나 그런 사람은 권력을 얻기 위해 나서지 않는다. 권력을 거부하는 듯 보이지만 결국은 권력을 손에 쥐게 된다. 태도와 기민함, 말씨 등으로 승리하는 경우다. 적절히 행하기만 하면 그의 정복은 확실해지고, 오랫동안 지속될 수 있다.

　사소한 이야기도 품위 있고 고상한 표현과 우아한 몸가짐이 수반되면 다른 사람들을 즐겁게 할 수 있다. 누군가가 서툴고 지루하고 장황하게 이야기하는 걸 강제로 듣고 있어야 한다면 기분이 어떨지 생각해보아라. 소재가 재미있는 것이라 하더라도 결코 즐거움을 줄 수 없을 것이다. 반면에 내용 자체는 그리 재미있지 않더라도 품위 있고 고상하게 하는 얘기는 얼마나 듣기 좋은지 생각해보아라. 평상시에 말을 할 때 그렇게 품위 있고 기분 좋게 말할 수 있도록 노력해라. 그러면 머지않아 그런 화법이 몸에 밸 것이다.

현학적인 태도

현명한 사람은 무지를 드러낸다.

모든 장점과 미덕은 결점과 악덕이라는 형제를 가지고 있어서, 같은 행동이라도 일정 경계를 넘어서면 다른 모습으로 나타날 수 있다. 후함은 낭비가 될 수 있고, 검약은 인색이 될 수 있으며, 용기가 무모함이 될 수 있고, 신중함은 소심함이 될 수 있다. 악덕을 피하는 것보다는 미덕을 적절히 행하는 데 있어서 판단을 더 잘해야 한다. 악덕은 그 모습이 흉해서 첫눈에도 알아보고 외면할 수 있지만, 미덕은 그 자체로 무척 아름다워서 첫눈에 우리를 매혹하고 점점 더 빠져들게 하기 때문이다. 그래서 올바른 판단력이 필요하다. 올바른 판단력이 없으면 장점도 놀림감이 되거나 비난의 대상이 될 수 있다. 이를테면 뛰어난 학식은 건전한 판단력이 동반되지 않으면 현학적인 태도와 자만심으로 우리를 이끌 수 있는데, 그렇게 되면 사람들의 비난을 면하기 어려워질 것이다.

자신의 지식에 자부심을 갖고 있는 사람은 다수의 동의를 구하지 않은 채 독단적으로 판단을 내린다. 그 결과, 무시와 억압에 상처받은 사람들이 반란을 일으킨다. 많이 알면 알수록 겸손해져야 한다. 겸손은 출세에 이르는 가장 확실한 길이다. 다른 사람들에게 확신을 주고 싶다면 스스로 이치에 순응해야 한다.

한편, 학식이 있는 사람들 중에는 덜 독단적이고 덜 거만하긴 하지만 그렇다고 해서 덜 건방진 것은 아닌 사람들도 있다. 수다스럽고 현학적인 사람들로, 그리스어나 라틴어 표현을 인용하면서 대화하기를 좋아한다. 그리고 그리스·로마의 작가들이 친한 친구라도 되는 양 그들을 성이 아닌 이름이나 별명으로 부르기도 한다. 호메로스를 '호메로스 할배'라고 부르고 베르길리우스를 '마로'라고 부르는 식이다. 지식도 없으면서 배운 사람 행세를 하고 다니는 사람들이 흔히 이런 행동을 한다. 그들은 고대 작가 몇 명의 이름과 몇 가지 사소한 일화를 기억했다가 사람들이 모인 자리에서 과시하며 말한다. 부적절한 상황에서, 관계도 없는 이야기를, 무례하게!

현학자라는 비난을 받지 않으면서 동시에 배우지 못한 사람으로 의심받지 않으려면 배운 것을 과시하지 말아야 한다. 그대가 속해 있는 집단에서 사용하는 언어를 쓰고, 그 집단의 사람들보다 더 현명해 보이거나 더 많이 배운 듯 보이면 안 된다. 학식은 시계와 마찬가지로 주머니 속에 깊숙이 넣어두어라. 그리고 단지 그대가 그것을 가졌다는 것을 과시하기 위해 주머니에서 꺼내는 일은 없어야 한다.

대체로 그리스와 로마 학문에 대한 지식은 유용하고도 필요한 장신구다. 그러므로 그런 학식을 지니지 못한 것은 사실 부끄러운 일이

학식은 시계와 마찬가지로
주머니 속에 깊숙이 넣어두어라.

다. 그러나 동시에 그런 학식을 지나치게 과시하고 남용하는 실수는 피해야 한다. 그리고 기억할 것은, 고대의 지식보다는 위대한 현대의 지식이 훨씬 더 필요하다는 사실이다. 과거의 유럽보다는 현재의 유럽을 확실하게 아는 게 낫다. 물론 과거와 현재를 모두 잘 안다면 더할 나위 없겠지만.

이상에서 이야기한 법칙들을 아무리 조심해서 지키더라도, 품위와 고상함이 따르지 않는다면 효과가 절반으로 줄어들 것이다. 무슨 말을 하더라도 거드름을 피우며 냉소적인 표정으로 말한다면 사람들에게 좋은 인상을 줄 수 없다. 또한 웅얼대는 말투로 천박하게 말하면 상대방은 잘 알아듣지 못할 뿐 아니라 신경 써서 들으려는 노력조차 하지 않을 것이다. 반대로 태도와 말씨가 상스럽고 서툴고 어색하다 해도, 그 외에 위대한 장점을 지니고 있다면 사람들로부터 존경을 받을 수는 있다. 그러나 사람들의 마음을 얻지는 못할 것이다. 그리고 사람들의 호감을 사지 못한다면 출세는 쉽게 이루어지지 않을 것이다.

몇 가지 주의점

세상에서 돋보이는 사람이 되어라.

여러 면에서 자신보다 훨씬 뛰어나 스스로 닮고 싶다고 생각하는 사람에게 존경의 뜻을 보이지 않는 이는 거의 없을 것이다. 단지 그것을 표하는 방식과 태도가 다를 뿐이다. 교양 있는 사람은 존경심을 최대한으로 표하되, 자연스럽고 편안하게 행동한다. 그러나 훌륭한 사람들과 어울리는 데 익숙하지 않은 사람은 어색하고 서툰 행동 때문에 그가 그런 자리에 적응하기엔 교양이 부족하다는 것을 사람들에게 금방 들키고 만다. 그래도 존경하는 사람 앞에서 의자에 축 늘어져 있거나 휘파람을 불거나 머리를 긁적이는 등 추잡한 행동을 하는 사람만큼 교양 없는 사람은 없다. 존경하는 사람 앞에서 우리가 주의를 기울여야 하는 단 한 가지는 편안하고 자연스럽고 품위 있게 경의를 표현하는 것이다. 이는 관찰과 경험을 통해 배울 수 있다.

분별력이 있는 사람은 예의 바르게 행동하고, 다른 사람들을 기분 좋게 해주기 위해 노력한다. 그러나 무엇보다 경험과 꾸준한 관찰만

이 시간, 장소, 사람에 따라 적절하게 적용할 수 있는 구체적인 방법을 알려줄 수 있다.

내 소망은 그대가 학식도 풍부하고 예의도 발라, 세상에서 돋보이는 사람이 되는 것이다. 그렇게 할 수 있는 사람은 많지 않다. 깊이 있는 학식은 현학적인 태도로 얼룩져 거만하거나 어색한 태도로 빛이 바랠 우려가 있고, 그런 사람에게 예의란 가지지 못한 자의 아부쯤으로 치부되어버리는 경우가 많기 때문이다.

젊은이는 스스로 행동을 조심하고 절제하게 될 만큼 존경하는 사람들 밑에 있을 때 자신을 발전시킬 수 있다.

인생에서 굉장히 중요하게 생각해야 할 것은 품위 혹은 예의범절이다. 즉, 적절한 장소에서 적절한 행동을 하는 것이다. 어떤 곳, 어떤 상황에서는 적절한 행동이 다른 곳, 다른 상황에서는 몹시 부적절해지는 경우가 많기 때문이다. 그러므로 책 속에서가 아니라 이 세상 속에서 사람들에 대해 배워야 한다. 어떠한 체계도 그냥 받아들이지 말고 그대 스스로 연구해야 한다. 사람들이 지닌 결점과 감정, 기질을 관찰해라. 그런 것을 보면 그 사람을 알 수 있다.

특정한 사람들의 애정과 우정을 얻고 싶다면, 그들이 지닌 장점을 정당하게 인정해주고, 그들이 지닌 결점에 대해서는 부드럽게 대해야 한다. 결점은 누구나 갖고 있게 마련이고 그것이 악한 성질을 지닌 게 아니라면 개선시킬 수도 있을 것이다.

모든 일에서 완벽을 추구해라. 비록 대부분의 일에서 완벽하기란 불가능한 일이지만, 완벽을 목표로 꾸준히 노력하는 사람은 애초에 포기하고 게으름을 피우는 사람보다 완벽에 더 가까이 갈 수 있다. 자신 없어 하며 소심하게 뒷걸음질 치는 사람은 세상 속에서 다른 사람들과 똑같은 기회와 가능성을 가질 수 없다. 성공하기 위해서는, 특히 젊은이는, 내면에는 결의와 착실함과 끈기와 대담성을, 외면에는 겸손과 삼가는 태도를 지녀야 한다. 자신을 낮추되 의연하게 스스로의 권리를 주장할 수 있어야 하고, 솔직하고 개방적인 태도를 취하면서 내면으로는 신중을 기해 적당히 자신을 숨길 줄도 알아야 한다.

나는 그대가 병약한 사람이 되지 않기를 바란다. 건강을 지키기 위해 계속해서 주의를 기울여라. 젊은이들은 자신은 언제까지나 건강하고 시간 또한 무한할 거라고 생각해서 건강도 시간도 제대로 돌보지 않고 낭비하는데, 그러다 보면 어느새 그것을 잃고 후회하는 자신을 돌아보게 될 것이다. 그러나 건강할 때 건강을 챙기고, 젊어서부터 시간을 아껴 쓴 사람은 두 가지를 모두 풍부하게 갖게 된다. 그러니 너무 늦기 전에 시간과 건강을 모두 현명하고 신중하게 관리하도록 해라.

좋은 일이든 나쁜 일이든 모든 일에 준비를 철저히 해야 한다. 그래야 허둥대거나 당황하는 것을 방지할 수 있다. 허둥대는 것과 별것 아닌 일에도 당황하는 것은 일을 할 때 많은 실수를 유발하는 가장 위험한 태도다. 무슨 일을 하든 침착과 끈기처럼 유용한 것은 없다. 그런 기질을 갖춘다면 상대방보다 훨씬 유리한 입장을 점할 수 있을 것이다.

상식을 따라라. 상식은 어떤 상황에서든 최고의 조언자가 되어줄 것이다. 활발한 상상력으로 세련되게 꾸며진 독창적인 학설과 좋은 질문을 보고 듣는 것은 좋다. 그러나 그런 것들은 우리 정신을 훈련시키기 위한 것으로만 생각하고, 언제나 상식을 따르도록 해라.

인간은 모욕을 당한 것보다는 차라리 신체에 해를 입은 것을 더 빨리 용서한다. 어떤 사람들은 말꼬리를 잡고 늘어지거나 흠잡기를 잘하고, 어떤 사람들은 항상 잘못된 생각을 고집한다. 공통된 것은 어떤 특성을 지닌 사람이든 멸시를 당하면 상처를 받는다는 사실이다. 모든 사람이 시인이나 수학자, 정치가인 척하지도 않고 그렇게 여겨지지도 않지만, 모두가 상식을 갖고 있으며 상식적인 선에서 품위와 체면을 지키고 살고자 한다. 그렇기 때문에 무시를 당하거나 주목을 받지 못하거나, 멸시를 당한 일은 쉽게 용서하지 못한다.

그리고 자신의 결점에 대해 남들이 이러쿵저러쿵하는 것을 참을 수 있는 사람은 거의 없다. 나에게는 아주 좋은 친구가 있었는데, 그 친구와 나는 무척 가까워서 그의 결점을 그에게 직접 얘기할 수 있을 정도였다. 그 친구는 내가 자신의 결점을 지적해주면 고마워하며 그것을 고쳤다. 그러나 그에게도 직접 말해줄 수 없는 결점이 몇 가지 있었다. 그리고 그 결점들에 대해서 그 자신은 거의 느끼지 못하고 있었기 때문에 내가 힌트를 줘도 깨닫지를 못했다. 우정이 허락하는 한에서 내가 할 수 있는 말로 암시를 주었지만 소용이 없었다. 그런 결점까지 있는 그대로 말하는 것은 그의 아버지가 아닌 다음에는 불가능한 일이었다.

적절하게 자신의 비밀을 간직하는 것은 신비로운 일면을 남겨둠으로써 타인의 관심을 유발하는 하나의 방법이다. 그러나 비밀이 너무 많아 알 수 없는 사람처럼 보이면 나약하거나 교활한 사람으로 여겨질 뿐이다. 아무 얘기도 하지 않는 사람이나 모든 얘기를 다 하는 사람은 결국 아무런 얘기도 듣지 못하게 될 것이다. 사람들이 그에게 얘기를 하지 않을 것이기 때문이다. 바보는 비밀을 알게 되면 그 비밀을 다 얘기하고 다닌다. 어리석기 때문이다. 악당이 비밀을 알게 되면 역시 그 비밀을 얘기한다. 자신에게 이익이 되는 상황이라면 말이다. 자기가 알고 있는 비밀이 있으면 얘기하고 싶어 안달인 사람도 있다. 남들에게 신뢰를 받았다는 사실을 자랑하고 싶어서다. 그런 사람들을 믿어서는 안 된다.

현재 하고 있는 일에 집중해라. 몸으로는 한 가지 일을 하면서 머리로는 다른 생각을 하거나, 동시에 두 가지 일을 하려고 하는 것은 어리석은 소인배라는 증거다.

알게 된 지 얼마 되지도 않았는데 명확한 이유도 없이 그대를 지나치게 좋아하는 사람은 믿지 마라. 그리고 자신이 가진 미덕이나 장점을 자기 입으로 말하는 사람들 역시 경계해라.

우정에서든 적의에서든 사람을 믿는 정도나 적개심을 갖는 정도에 있어서 일정한 경계를 정하도록 해라. 믿음이 지나쳐서 위험을 만들거나 적개심이 지나쳐서 절대로 타협할 수 없는 정도가 되게 해서는 안 된다. 언제 어떻게 상황이 달라질지 알 수 없는 일이니 말이다.

마음을 통해 머리까지 올라가는 길을 부드럽게 닦아라. 이성의 길은 좋은 길이긴 하지만, 너무 오래 걸리거나 확실하지 않을 수 있다.

요즘 '기백'이라는 말이 유행이다. "기백 있게 행동하다", "기백 있게 말하다"라는 것은 사실 "경솔하게 행동하다"나 "분별없이 말하다"라는 뜻인 경우가 많다. 유능한 사람은 부드러운 말과 결연한 행동으로 자신의 기백을 드러낸다. 서두르지도 주저하지도 않는다.

얻어낼 가능성이 거의 없어 보이는 것은 얻으려고 하지 마라. 요구하기에 적절하지 않고 얻을 수 없는 것을 자꾸 요구하면 사람들로부터 자주 거절을 당하게 될 것이고, 그러다 보면 사람들은 그대의 합리적인 요구까지도 쉽게 거절하게 될 것이다. 하나를 얻기 위해서 모든 것을 요구하는 것은 사람들이 흔히 하는 행동이지만 잘못된 것이다. 그런 요구를 통해서 무언가를 얻을 수도 있겠지만, 대부분의 경우 그 무언가는 다름 아닌 거절과 비웃음이다.

자신의 수입 안에서 생활할 수 있도록 늘 조심해야 한다. 그래야 뜻밖의 사고에 대비할 수 있고 다른 사람들에게도 베풀면서 살 수 있기 때문이다.

다음은 페르시아 왕의 무덤에서 발굴된 금관에 새겨져 있던 금언이다. 금관은 다섯 면으로 이루어져 있었고, 각 면에는 다음과 같은 글귀가 적혀 있었다.

제1면

시작하기 전에 끝을 생각하라. 그리고 앞으로 나아가기 전에 뒤로 한발 물러서라.

그 누구에게도 불필요한 고통을 주지 말고, 모두를 행복하게 할 수 있는 방법을 연구하라.

권력을 다른 사람들을 상처 입히는 데 사용하지 말라.

제2면

어떤 수단을 이용하기 전에는 자문을 구하라. 그리고 경험 없는 사람들에게 그 실행을 맡기지 말라.

목숨을 위해서라면 재산을 희생하고, 종교를 위해서라면 목숨을 희생하라.

시간을 들여서 명성을 쌓도록 노력하고, 부를 얻고 싶거든 만족하는 법을 배우라.

제3면

부서지거나 도둑맞거나 불에 타거나 잃어버린 것 때문에 슬퍼하지 말라.

다른 사람 집에서는 명령을 하지 말라. 남의 집에서는 가만히 주는 대로 받으라.

제4면

수치심을 모르는 사람들과 한자리에 앉지 말라.

나쁜 버릇을 고치지 못하는 사람들은 멀리하고, 친절에 무감각한 사람과는 사귀지 말라.

다른 사람의 물건을 탐하지 말라.

자신의 가치를 제대로 알고, 다른 사람들의 가치를 정당하게 평가하며, 자신보다 훨씬 운이 좋은 사람과는 싸우지 말라.

제5면

그 누구도 부러워하지 말고, 이성을 지키라. 그러지 않으면 그대 삶은 불행해질 것이다.

가정의 구성원들을 존중하고 보호하라.

분노의 노예가 되지 말라. 싸움을 했을 때는 항상 화해의 문을 열어두라.

수입보다 지출이 많아서는 안 된다.

어린 나무를 심으라. 그러지 않으면 나이 든 나무를 자를 수 없을 것이다.

그대가 발을 디디고 있는 카펫보다 더 멀리까지 다리를 뻗으려 하지 말라.

번역_서영조

한국외국어대학교 영어과와 동국대학교 대학원 영화과 졸업.
영어권 도서 및 부산국제영화제를 비롯한 여러 영화제의 출품작 번역가로 활동 중.
옮긴 책으로 『지식의 책』, 『세계여행사전』, 『세계에서 가장 아름다운 도시 100』,
『우리는 개보다 행복할까?』, 『브레인 룰스』, 『드보노 생각의 공식』 등이 있음.

세상을 향해 첫발을 내딛는 너에게

초판 1쇄   2011년 2월 12일
초판 2쇄   2011년 8월 12일
지은이   필립 체스터필드
옮긴이   서영조
펴낸이   김영재
펴낸곳   책만드는집

주소   서울 마포구 합정동 428-49번지 4층 (121-887)
전화   3142-1585·6
팩스   336-8908
전자우편   chaekjip@naver.com
출판등록   1994년 1월 13일 제10-927호

* 잘못 만들어진 책은 구입하신 서점에서 교환해드립니다.

ISBN 978-89-7944-353-0 (03840)

이 도서의 국립중앙도서관 출판사도서목록(CIP)은 e-CIP
홈페이지(http://www.nl.go.kr/cip.php)에서 이용하실 수 있습니다.
(CIP제어번호 : CIP2011000318)